濡れた淫芽をつままれ、蜜肉を舌で掻き回されながら、
アルファナは腰を緩く振った。
痺れるような欲情に、頭の芯が、ぼうっとする。

エロティクス・カイザー

買われた姫は皇帝の子を孕む

水戸 泉

Illustrator
幸村佳苗

ジュエル文庫

Contents

※本作品の内容はすべてフィクションです。
実在の人物・団体・事件などには一切関係ありません。

プロローグ　監禁蜜夜

「う……く……っ」

豪奢《ごうしゃ》な調度品に囲まれたカイザーの閨に、女の艶声《つやごえ》が響く。この部屋には窓がない。窓を必要とする精神を具備《ぐび》した人間が暮らす部屋ではないからだろう。

「あぅ、ン……ッ！」

ひときわ大きな、喘《あえ》ぎ声が続いた。細い体軀《たいく》にはいささか不釣り合いな、大きな乳房を男の手で弄《もてあそ》ばれた時だった。

「う、ぅ……い、やっ……」

女は――――アルファナは、寝台の上でしきりに身を捩《よじ》る。逃げることはもはや、あきらめていた。

アルファナはただの人間だ。魔道《まどう》で強化された《マグナティカ》、それも最上級の施術《しじゅつ》の受けた皇帝《カイザー》に、敵うはずもない。

（裏切られた……！）

アルファナは今、カイザーであるジークヴァルトに抱かれながら、屈辱《くつじょく》に喘いでいた。彼は、アルファナの愛した『トール』ではない。憎むべき敵の皇帝だ。

散々躰《からだ》を弄《いじ》られて、熱くさせられた秘部に、ジークヴァルトの指が触れる。たった一度の過《あやま》ちによって純潔《じゅんけつ》を散らされた花弁《かべん》は、何かを思い出すようにひくりと震えた。花弁の奥を指でまさぐられ、アルファナの眦《まなじり》に悔《くや》し涙が浮かぶ。

着衣はとうに毟《むし》られていた。下着はずり下ろされ、右膝の踝《くるぶし》に引っかかってくしゃくしゃに丸まっている。あんな奴隷《どれい》の衣装は捨ててしまっても構わなかったが、こんなふうに中途半端に残っているのは屈辱的だった。

「服なら、あとでいくらでも届けさせる」

「いらないわ……！」

ジークヴァルトに囁《ささや》かれ、アルファナは顔を背けた。

《下界》には、着るものはおろか、食べるものにも事欠く人々がたくさんいるというのに、この男は——ジークヴァルト・カイザーは、そんなことはまるで斟酌《しんしゃく》せず、破り捨てるのだろう。

そうして、毎回違う服をアルファナに着せるに違いない。慰《なぐさ》みものの、愛玩人形《あいがんにんぎょう》としての衣装を。

（今に、思い知らせてやる……！）

アルファナは、きつい琥珀色《こはくいろ》の瞳でジークヴァルトを睨《にら》みつけた。ジークヴァルトはそれを、澄《す》んだ菫色《すみれいろ》の双眼で見下ろす。

その瞳から、感情らしきものを読み取ることはできない。アルファナだけでなく、この世界の誰にも。

それもそのはずだと、アルファナは思う。

(『トール』なんて、どこにもいない。この男は、人間ですらないんだもの)

彼は、《人間》ではない。魔道によって究極《きゅうきょく》に強化された人間は、もはや人間ではない何かなのだと、アルファナの信じるアルカナ教では定義されていた。

カイザーは、ヒトによって創造されながら、ヒトを超え、ヒトを支配し、その頂点に君臨するこの世界の支配者だ。

魔道によって造られたとはいえ、体組成は人間と変わらない。皮膚《ひふ》を切れば赤い血が流れるし、切断すれば白い骨も見える。ただし、その血も皮膚も骨も、強度が普通の人間とは違いすぎる。

最上級のマグナティカは一千度の高熱に耐え得るし、氷点下にも真空にも適応する。筋力は人間の百倍を誇り、感染症とも無縁だ。

唯一の弱点は、損傷が自然治癒《しぜんちゆ》しないことだが、もとよりマグナティカに傷を負わせるのは不可能事に等しい。自然治癒しないことは、マグナティカにとってのハンデキャップにはなり得ない。治癒は、枢密院《すうみついん》の魔導師たちが請け負《う》うからだ。

魔導師によるマグナティカ生成技術は、不死とも換言《かんげん》できる超長寿と高い身体能力、それに美貌《びぼう》を実現する。富裕層からこぞってマグナティカと化してゆくのは必然だった。

アルファナは、悔しさを滲《にじ》ませながら、再びマグナスの皇帝たるジークヴァルトを見た。

光に透ける金糸の髪。菫色の瞳。白磁《はくじ》のような頬。カイザーは、すべてが彫刻のように美しい、若い男の姿をしていた。その姿に、かつて一瞬でも心を奪われた自分を、アルファナは今でも責め続けている。

人の心を蕩《とろ》かすような美貌から目を背けるアルファナの髪に、白い指が絡みつく。アルファナの髪は、ジークヴァルトとはまるで違う、闇《やみ》の色だった。艶やかではあるが、マグナスでは不吉とされる黒だ。

今はなき小国アルカナ、そこに生きた民に特有の髪と肌、琥珀の瞳を、アルファナは誇りにこそ思えど決して疎《うと》んだりはしないが、それでもジークヴァルトの美貌を目の当たりにすれば、差異を思い知らされてしまう。

自分のほうに向けさせたアルファナの顔に、ジークヴァルトの薄い唇が寄せられる。キスされるのだと察して、アルファナは強引に顔を背けた。

「人間、みたいな……こと、しないで……っ！」

悔し紛《まぎ》れにアルファナは告げた。

冷たい魔道人形に、人の心などあるはずがないとアルファナは思う。アルファナだけでなく、この大陸に生きる人々の総意だ。

数百年に及ぶ戦争の歴史から、マグナスの人々は、情緒や感情は軋轢《あつれき》を生み出す『悪しきもの』だと結論付けた。魔道によって進化したマグナティカは、感情の振り幅が少ない。無感情であることが美徳なのだ。

だがアルファナには、それが美しいことだとはどうしても思えない。だからこそ、ジークヴァルトにキスされるのは嫌だった。

幾《いく》つもの小国を滅ぼし、吸収することで巨大帝国と化したマグナスの皇帝が、この程度の揶揄《やゆ》で傷つくとも思われない。

それでもアルファナは、言わずにはいられなかった。マグナスに滅ぼされたアルカナの、最後の王族としての責務からだった。マグナスの象徴《しょうちょう》たるジークヴァルトに屈しないことは、アルカナ王族に課せられた最後の使命だ。

頑《かたく》なに拒《こば》み続けるアルファナの太ももの奥に、再びジークヴァルトの指が忍びこむ。クチュッ……と濡れた音をたててそこを弄られて、アルファナの白い喉が仰け反った。

「い、やっ……！」

「嫌がっていない」

ジークヴァルトが、やけに冷ややかな声で言った。秘部をまさぐる冷たい指とは対極的に、アルファナのそこは熱かった。

（仕方、ないじゃない……！）

アルファナはぎゅっと目を閉じ、絹のシーツに額を押しつけた。

生身の少女であるアルファナには、熱を殺すことができない。

人間は不自由で、不完全だ。神にも等しい完全体と褒《ほ》めそやされるカイザーのように、体温や心拍数、肉体の不随《ふずい》意な反応を自在に操ることは不可能だった。アルカナの国教は、戒律《かいりつ》によってヒトが魔道によって改造されることを固く禁じている。

自然とともに生きたいと願うアルカナ人の矜持《きょうじ》は、マグナス人の目には不合理で旧弊《きゅうへい》的《てき》な悪習に映る。

それでもアルファナは、今は亡き父王と母后《ぼこう》の教えを遵守《じゅんしゅ》した。マグナスによって郷土を奪われ、流浪《るろう》の民となったアルカナの人々にとって、王族最後の生き残りである自分が最後の拠《よ》り所《どころ》であることを彼女は自覚していた。

「ヒトは、せいぜい百年しか生きない」

記憶を取り戻したというトールことジークヴァルトは、アルファナの頬に触れながら言った。

「たかが一月、離れているだけで苦しかった。おまえの肉体を、わずか百年で朽《く》ちさせるのは惜しい」

「それが自然の摂理《せつり》よ」

アルファナは彼の手を振り払い叫んだ。

「マグナティカなんかにされるくらいなら、舌を嚙み切って死ぬわ！」

ブラックマーケットの下卑《げび》た男たちと同じ願いをジークヴァルトも持っているのかと、アルファナは憤《いきどお》った。

「あなたがマグナスの皇帝なのだと知っていたら、スラムであなたを助けたりはしなかった……！」

「皇帝であることは、やめられない。俺は、そのように生まれついている」

淡々と、ジークヴァルトは答える。

相変わらず彼の端整な顔からは、感情らしきものが読み取れない。なのに、囁く言葉だけが熱を帯びていた。

「俺を愛していると言った。好きだと言った。あれは嘘か」

「……ッ……」

冷たい声で囁かれる甘い言葉に、アルファナは紅くした顔をさらに背けた。感情などないはずの彼が、アルファナの愛情を求めるような発言をすることが、アルファナには不可解だ。

（あの時は、マグナス皇帝の正体なんて、知らなかった）

アルファナが保護したのは、スラムで行き倒れていた、ただの青年だ。断じてマグナスの皇帝などを助けたつもりはない。

だが、結果的にアルファナは、知らぬこととはいえ宿敵であるマグナス皇帝の命を助けてしまった。

それどころかアルファナは、あの日、確かに恋に落ちた。

冷たい、忌《い》むべき魔道人形を相手に、初めての恋に身を灼《や》かれたのだ。

アルファナは名前のない彼に、名前さえ与えてしまった。それも、一番大切な弟の名前を。

保護した当時、彼はまるで幼子のように無知で、無垢《むく》に見えた。だから騙《だま》されたのだと思うと、アルファナは余計に悔しい。

一体、如何《いか》なる理由でカイザーがスラムなどに迷いこんでいたのかは今でもわからない。彼自身さえ思い出せないと言うのだから、アルファナに知るすべはない。

ただ一つアルファナにわかるのは、自分が恋をした相手はあの木訥《ぼくとつ》とした青年であって、断じてマグナスの皇帝ではないということだけだ。

「気が変わったのよ！　あなたが、マグナスの皇帝だから！」

きつい口調で、アルファナは彼を拒否した。彼はトールではない。マグナス皇帝ジークヴァルトだ、と。

だが、ジークヴァルトの確信は揺らがない。

「私は私だ。それに」

何度拒んでも、ジークヴァルトはアルファナの瞳を覗きこむ。

「気が変わったのは、いつだ？　スラムで初めて抱き合った時、おまえは」

「言うな！」

ジークヴァルトの言葉を、アルファナは鋭く叫んで制した。思い出すだけで、恥辱《ちじょく》と羞恥《しゅうち》でアルファナの躰は熱くなる。

アルファナはかつて、スラムで拾った青年に恋をして、抱き合った。

アルカナ王朝最後の姫であるアルファナには、恋をする自由はない。

本来なら、なるべく近い血族の者と婚姻《こんいん》し、アルカナの血と文化を残さねばならない立場だ。

それは父王、母后が死した後も変わらぬ宿命であったはずだ。

なのにアルファナは、たった一度だけ、と自分に言い聞かせ、スラムで出会った美しい青年に純潔を捧げてしまった。

その正体がマグナス皇帝であることなど、もちろん知らなかった。

アルファナにとってあの恋は、生涯でただ一つの宝石だったのだ。

生まれながらにして重い宿命を背負ったアルファナにとって、あの恋は同胞《どうほう》への裏切りでもあった。

アルファナとともに、祖国アルカナの復興を目指している地下組織の面々がこれを知ったら絶望するに違いない。

特に彼――アルファナの従兄弟《いとこ》であり、父王の生前に定められた婚約者、カルヴァンに知られたら、アルカナ民族の未来に暗い影が落ちることは必定《ひつじょう》だ。

アルファナは、ジークヴァルトの腕の中でそれを思い起こし、じっと唇を噛んだ。

（わたしはいずれ、カルヴァンと結婚するつもりだったわ。カルヴァンとの結婚は、父様と母様が望んだことだもの……）

親の定めた婚約者ではない『トール』に、純潔を捧げてしまったことは罪だ。アルファナはずっとそのことを悔やんでいた。

けれど、たった一度だけ。

たった一度の秘められた恋すら許されない運命を、アルファナが呪わなかったと言えば嘘になる。

あの日、あの時、アルファナは確かに『トール』が愛しかった。スラムに突然舞い落ちた、夢物語のように美しく、優しかったトール。トールもまた、過去の記憶がないまま、アルファナを愛した。

スラムで行き倒れていた時こそトールは無知だったけれど、アルファナに保護され、しばらく暮らすうちに彼はめきめきと頭角を現した。トールはすぐに文字を覚えた。道具や武器の扱いも、一度教えられれば二度と忘れなかった。

（でも、あの槍《やり》にだけは、触れなかったのよね……）

アルファナは、カルヴァンがスラムに持ちこんだ、対マグナティカ用の槍について思いを馳《は》せた。

火でも刃《やいば》でも殺せない、スリーSランクのマグナティカを殺せる、唯一の武器なのだとカルヴァンは自慢げに言い、あろうことかトールで試し斬りがしたいと言い出した。もちろん冗談のつもりだったのだろうが、アルファナは血相を変えて彼の蛮行《ばんこう》を止めた。

カルヴァンはあからさまに、トールを敵視していた。

それが自分のせいであるという自覚はアルファナにもあったが、アルファナはどうしても、トールのそばにいたかった。

スラムに流れ着いた旅人から買ったというその槍は、確かにマグナティカを突き殺すことに長けていた。もっとも、カルヴァンに突き殺されたマグナティカはせいぜいCランクだ。スリーSランクやAランクのマグナティカが、スラムに迷いこむはずもないから、当然だった。

どうしてそんな武器がスラムに流れ着いたのかは、アルファナにはわからない。カルヴァンは、口止めでもされているのか、槍の出所について多くは語らなかった。

無口だけれど優しいトールは、スラムの女たちをあっという間に魅了した。トールが現れるまで、女たちの憧《あこが》れを一身に集めていたのはカルヴァンだったから、それが理由でカルヴァンがトールを憎んでも仕方がなかった。

トールが見つめ続けたのは、アルファナただ一人だった。それが、どれほど嬉しかったか、アルファナは言葉では言い尽くせない。

よそ者のトールが、スラム内のアルカナ自治区に馴染んでいくにつれて、不穏な空気が醸《かも》されていったことには、アルファナも気づいていた。

女たちはともかく、男たちは誰もトールを歓迎しなかった。

カルヴァンは、二言目にはトールをアルカナ自治区から追い出すようアルファナに迫った。

アルファナはそれを拒否し、次期王妃の権限で、スラム内で行き倒れている者たちを積極的に助けた。貧しいスラムの自治地区内に限られたこととはいえ、アルファナは王族としての矜持は失わなかった。

記憶が戻ればトールもきっと、元いた場所に帰ってしまう。そんな予感が、あった。トールの身なりはどう見ても、貧しい浮浪者のそれではなかったからだ。

トールの正体は、政争に敗れたマグナス貴族ではないかと噂《うわさ》されていた。そういうマグナティカがスラムに流れ着くことは、間々あったからだ。たとえマグナティカであっても、アルファナは敗者として身寄りをなくした者を責め立てる気にはなれなかった。トールの記憶が戻り、彼が本来いるべき場所に戻れたのなら、それでいいとアルファナは思った。

どのみち許されざる恋だったし、あれほど万能に近かったトールが、再び行き倒れる可能性も低い。

それが一体、如何なる運命の皮肉か。

一度戦渦《せんか》によって引き離されたアルファナのもとへ、『トール』は、ただのマグナティカではなく、マグナス皇帝として現れたのだ。最悪の再会だった。

（本当に、最悪……）

地上に比肩《ひけん》する者なきカイザーの腕の中で、アルファナは呆然《ぼうぜん》と虚空《こくう》を見上げる。

アルファナは、彼にはただの『ヒト』であって欲しかった。マグナティカと人間は相容《あいい》れないとされていても、アルファナはトールにだけは、別であって欲しかったのだ。

そうしたら、躊躇《ためら》いなく愛せたのに。マグナスの皇帝を愛することなんて、アルファナには絶対にできない。アルカナ神と亡き父王、母后に誓《ちか》って、愛してはいけない相手だ。

今、ジークヴァルトがアルファナに求めているのは、スラムで一度だけ抱き合った、あの甘美な夜の再来なのだろう。ここ、レムクール城に連れてこられて以来、アルファナはずっとジークヴァルトから愛を乞《こ》われ続けている。

魔道人形らしい、美しいが冷たい声で、彼は求め続ける。

「あの声が、言葉が、聞きたい。何度でもだ」

「いや……嫌、だ……やめ、てっ……！」

アルファナの唇から、儚《はかな》い声が漏れた。ジークヴァルトのなめらかな五指が、アルファナの膨《ふく》らみに絡みつく。

（あぁ……嫌ッ……乳首、弄られる、の……っ）

大きな丸みの突端を、なめらかな指でつままれるのに、アルファナは弱かった。じゅうぶんに膨らみながら、未だ熟し切っていない果実は、小さく震えながらも怖ず怖ずと皇帝の愛撫《あいぶ》に応える。

凹《へこ》み気味だった桃色の突起が、押し出されるように勃起《ぼっき》させられていく感触に、アルファナの奥歯がきつく噛みしめられる。

「ひッ……ゃ……！」

躰を仰向けにひっくり返され、大きな膨らみに顔をうずめられて、アルファナは胸部を激しく揺らす。

押し出された突起を唇でさらに吸われ、形よく揃った前歯で銜《くわ》えられて、アルファナは抗議の意を示すためにジークヴァルトの金髪を掻《か》きむしった。

力一杯掻きむしっても、髪一本引き抜けないことは知っていたが、そうせずにはいられない。

「ン、く、う、ンン……ッ！」

冷たく心地よい唾液《だえき》で濡らされた乳首をぬるぬると上下にしごかれて、アルファナのしなやかな足が伸びる。爪先はきゅうっと丸まり、小刻みに震えている。

（胸、だけで、こんな……いやら、しい……）

自分の肉体に起きている反応を、アルファナは否定したかった。アルファナの太ももの奥は、さっきからずっと熱く、疼《うず》き続けている。

ジークヴァルトのセックスは執拗《しつよう》で、長時間に及ぶ。アルファナが、意地でも彼が望む言葉を発しないからだ。

頑なな姫を自分の腕に堕《お》とすために、ジークヴァルトは彼女の太ももに手をかけ、左右に拡げさせた。

よく鍛《きた》えられたアルファナの関節は柔軟で、彼女自身の意に反して極限までしなやかに開く。

「あうっ……！」

いきなり口づけられて、アルファナの指先が白く染まった。力を入れすぎているせいだ。

チュッ……チュッ……と音をたてて、アルファナの秘部を守る膨らみが吸われる。少女らしいかたくなさを、ジークヴァルトの指がほぐしていく。柔らかな膨らみを指先で可愛がった後で、ジークヴァルトは彼女の花弁を目一杯拡げさせた。奥の秘穴を守る二枚の花びらの間に、ねっとりと光る糸がかかる。

「う、く、うぅぅぅっ……！」

啼《な》く声は、悔しさによるものだけではなかった。アルファナの躰は、この短期間ですっかり手籠《てご》めにされている。

「可愛い、アルファナ……もっと啼いてみせろ」

アルファナの声に溺れるように、ジークヴァルトは囁いた。彼はアルファナの美声を搾《しぼ》り取る術《すべ》を知っている。

「あンぅぅっ！」

雌芯《めしん》を覆う薄皮を剝《む》き下ろされ、眦に新しい涙が浮かぶ。

（やだ……やめ、て……そんな、ところ……剝かないで……ぇっ……）

口には出せない願いを、アルファナは心で叫んだ。

アルファナ自身さえ知らなかった快楽の雌芯は、アルファナの理性に強い電流を流し、痺《しび》れさせていく。

手足は自由なままだが、なんの役にも立たない。ジークヴァルトの強化皮膚には爪痕さえ刻めない。

「ふぁっ……あ、ぅ、んんぅ……ッ！」

小さな真珠粒《しんじゅつぶ》を冷たい唇で挟まれ、尖《とが》らされた舌先でコリコリと押し潰されて、アルファナの声が甘みを増す。

拡げられている花弁から、ピュッと蜜《みつ》が飛び散った瞬間、アルファナは確かに絶頂を味わっていた。

「あ、はぁぁぁっ……！」

未だ慣れぬエクスタシーに、アルファナは滅茶苦茶に身悶《みもだ》える。

絶頂は、一度では終わらない。癖《くせ》のように何度も繰り返されるのだ。そのことがアルファナには怖ろしい。

「あの声が聞きたい」

アルファナの弱味を指で可愛がりながら、ジークヴァルトが求める。

「もう一度、言え。愛していると」

「大、嫌い……ッ」

絶頂に濡れた声で、それでもアルファナは虚勢《きょせい》を張った。途端に、濡れ熟した花弁の奥に、ぬりゅ、と指を押しこまれた。

「ひぅぅっ……！」

不意打ちで襲いかかる新たな刺激に、アルファナの蜜肉がきゅっと締まる。男の骨張った中指の感触を、アルファナは体内で感じさせられていた。

（指が、中で……あ、あ、嫌……ッ）

焦らすように濡れた肉筒《にくづつ》の中を探られて、アルファナの躰が小さく震える。あの場所を探り当てられないように腰を揺すり逃げようとするが、アルファナの努力は無駄に終わった。

コリッ……クリュ……と濡れた音と感触を醸しながらアルファナを犯す指は、彼女自身の意に反して、ある一点を探り当てた。

途端に、アルファナのよく括《くび》れた腰が跳ねる。

「あ、ンンぅぅっ……！」

「あの時は、ここを突き上げたら、腕を背中に回してくれた」

過去のことを持ち出され、アルファナは聞こえないふりをした。その間にも、指はアルファナの大事な箇所を弄ぶ。

「キスにも、応じてくれた。可愛らしく舌を差し出して」

「して、なぃっ……！　あ、やぁ……！　ゆびっ、動か……アァッ……！」

「また魔鏡を見て、確かめるか？」

「……ッ……！」

アルファナの頬に浮かぶ朱色が、濃度を増した。

どこへ行っても監視用の魔鏡から逃れられないこの城では、意図せずとも痴態《ちたい》を映し出

されてしまう。

それを言質のように扱われる屈辱に、アルファナは耐えられない。

「あ、んぅっ……く、ひ、いぅっ……！」

度重なる絶頂に、指を銜えたアルファナの秘花が蜜を飛ばす。かたくなな少女の蜜孔《みつこう》が、柔らかく蕩けてジークヴァルトの指に絡みつく。

チュッ……チュッ……と愛らしい音をたてて指を吸う媚肉《びにく》は、ジークヴァルトの冷たい躰をも熱くさせるようだった。

それでもまだ、陥落《かんらく》には程遠い。

ジークヴァルトが真に求めているのは、アルファナの痴態ではなかった。

「同じようにしては、駄目か」

「ふぁ、ぁっ……」

不意に指を引き抜かれ、我知らずアルファナは焦れた声をあげていた。紅い媚肉がちゅうっと強く指に吸い付き、引き止めたが、ジークヴァルトは構わずアルファナの熱い部分を解放する。

無論、それは束《つか》の間だった。

「え……な、に……」

ベッドの下から、ただならぬ気配がした。

うにゅりと四方から這《は》い出したそれは、軟体生物のようにも見えたが、ここに存在を許される有機生命体はアルファナ一人だけだ。

細く長く蠢《うごめ》くそれは、魔道姦《まどうかん》の玩具だった。悪趣味と退廃《たいはい》を極《きわ》めた貴族たちの考え出した、遊びだ。

「い、嫌ッ……それ……」

アルファナはガチガチと奥歯を鳴らすほど、怯《おび》えた。触手の形が目に入ったからだ。その先端は、小さいながらも男の生殖器《せいしょくき》の形をしている。小さな口のようにくぱりと開くものまである。

「こういう時はなんと言う？　アルファナ」

自分の下で喘ぐアルファナの顎《あご》を摑み、ジークヴァルトが尋ねる。

愛している、と一言言えば、終わる責め苦だと彼は言外に告げていた。

それでもアルファナは矜持を捨てない。

猶予《ゆうよ》は、それほど長くは与えられなかった。

「やめ、てぇえっ……！」

「痛みは感じさせない。知っているだろう」

泣き喘ぐアルファナの四肢に、にゅるりと触手が絡みつき、拘束する。それからゆっくりと、淡い真珠色の乳房に絡みつく。

大きな二つの丸みを根元から軽く締め上げられて、突き出された乳首が卑猥《ひわい》だった。

ジークヴァルトは愛撫を触手に任せ、自分はゆっくりとアルファナの痴態を目で犯した。

「おまえの桜桃は、これ以上大きくはならぬのだな」

「ひ、っ……！」

触手が、乳首にまで絡みつく。きゅぅっと強く搾られて、桃色の突起が紅く充血し、尖りを増す。

「こちらの粒も、小振りだ。もっと膨らませてみろ。ほら……」

「きゃぅぅうっ！」

ぬちゃっ……と濡れた音をたてて、左右からまた花弁が暴かれた。

触手は絶妙の強さでアルファナの秘部を拡げさせ、その中に潜んでいた陰核《いんかく》にまで絡みつく。

濡れすぎているせいで、触手は一度で真珠粒を摑めず、ぬりゅっ、と滑った。アルファナが声をあげたのはその時だった。

「本当に、可愛い鳴き声だ」

「やだっ、嫌ッ、ん、ひぃ……ッ！」

小振りな真珠粒を優しくしごかれ、アルファナの膝が跳ねる。

ぬめる触手で、胸の突起と雌芯を同時にしごかれる快楽に、娼婦《しょうふ》でもない未熟な少女が耐えられるはずもなかった。

至高の快楽は、アルファァナにとって絶望の極みだ。

それでも堕ちないアルファァナに、ジークヴァルトは歪んだ寵愛《ちょうあい》を注ぎこむ。

「あうっ、嫌、ぁ……あ、ン……ッ……やぁぁ……」

間断のない絶頂に蕩け始めた声が、ジークヴァルトの聴覚を満たす。触手は、アルファァナの蜜肉の中に潜りこみ、微細な襞《ひだ》をこすりあげ始めていた。

小さいながらも男根の形を模した先端で中を擽《くすぐ》られ、アルファァナの唇から透明な雫《しずく》がこぼれる。触手は二種類あった。男根の他に、先端に極小の口腔《こうこう》を持つそれが、くぱ……と口を開ける。

絞り上げられながらヒクついている真珠粒の先端をカリッ……と甘噛みされた刹那《せつな》、細い触手で掻き回されている花弁の奥から、また蜜が飛び散った。

「きゃ、ひぃぃっ！」

今までで一番強い絶頂に、アルファァナの背中が、びくっ、びくっ、と反り返る。それでもまだ、序盤だった。

絶頂を呼び水に、触手は何本もアルファァナの蜜孔に潜りこみ、さっきジークヴァルトの指で弄られたGスポットまでも甘噛みした。

「ひ、く、ぅっ、あァァーッ！」

陸に揚げられた魚のように、アルファナの躰が跳ね続ける。

陸の人魚と讃えられたその美しい肢体は、確かに巨万の富と引き替えるのに相応しい艶を放っていた。

「い、やぁぁっ……！　もぅ、イ、きたく、な……あ、ンぅぅっ！」

アルファナの痴態を視覚で愉しんでいたジークヴァルトが、ふと手を伸ばし、サイドテーブルからグラスを手に取った。その中身を口に含み、ジークヴァルトはアルファナに唇を重ねた。

口移しで飲まされる甘い酒を、アルファナは喉を鳴らして呑みこんだ。喘ぎすぎたせいで渇いた喉に、甘露《かんろ》が染み渡る。酒は、ますますアルファナの恥部を熱くさせ、理性を焼いていく。

「お、願い……ッ……おねが、いっ……もぅ、終わらせ、てぇ……ッ！」

終わりのない陵辱《りょうじょく》に、アルファナが遂に願う。ジークヴァルトは聞き入れない。

「愛していると言えばいい」

「い、ゃ……嫌ッ……！」

偽りでないからこそ、言いたくない。

それがアルファナの真意だった。

愛を誓う代わりにアルファナは、誇りをもって恥辱を選んだ。

「に、逃げ、ない……から……手、ほど、いて……ッ」

彼女らしくもない可愛らしいおねだりを、ジークヴァルトは容易く聞き入れる。アルファナの弱々しい声は貴重だったからだ。それに、両手両足を自由にさせたところで、アルファナに何ができるというわけでもない。どのみち彼女は、ジークヴァルトから逃げることも倒すこともできない。

恥辱を終わらせるための恥辱を、アルファナは実行した。細く繊細な指を、アルファナは触手に弄ばれている部分にあてがう。そして。

「ここ、に、入れ、て……」

両手の指を用いて、花弁を開いてみせる。濡れそぼつ割れ目を中まで晒《さら》して、アルファナは終わりを願った。

ジークヴァルトの、無表情なアメジストの瞳に、落胆と期待が見て取れた。

いささか乱暴に触手を引き抜かれ、「ひんっ……！」と小さくアルファナが啼く。触手の代わりにまた指で弄られて、アルファナは焦れた。

「やっ……も、う、いじ、るのは、あぁっ……！」

「愛している、ではないのか」

至高の言葉は、アルファナの唇からは得られない。アルファナがそれを許さない。

「あ、ふ、あぁぁっ……！」

熱く濡れすぎた女陰をジークヴァルトに弄られながら、アルファナは息を呑み、覚悟を決めた。もっと卑猥な言葉を、アルファナは奴隷商人たちから聞いていた。商品価値が下がるから、犯されることはなかったが、彼らは娼婦の心得をアルファナに教えこもうとした。奴隷商人に屈することはなくても、こうしてカイザーに囚われてしまえば、アルファナには他に為す術がない。

「アルファナ、の、中、に……、ジーク、ヴァ、ルトの、太い、のを……入れて、く……ッ」

悔しさで、また涙が滲む。

泣いてはいけないのに、とアルファナは自分を戒《いまし》める。

アルファナの『おねだり』は、ジークヴァルトには極めて有効だった。最初から堕ちてしまえば、嬲《なぶ》られる時間が短くすむかも知れないという浅慮《せんりよ》はジークヴァルトには通じない。

彼は、アルファナを徹底的に自分のものにして縋《すが》らせたがった。

「あ、ふ、ぁ……」

くち……と太く括れたものの切っ先が、アルファナの源泉に押しつけられる。我知らず甘ったるい声がアルファナの唇から漏《も》れた。

ジークヴァルトの唇や口腔が冷たいのは、アルファナがそう望んだためだ。だが、アルファナを犯す雄蘂《おしべ》は、生身の男のものよりも熱い。

硬く熱を帯びた肉杭《にくくい》の切っ先で、クチュクチュと花弁の入り口をこすられて、アルファナの口から熱い息が漏れる。

アルファナの、造り物ではない、確かに血の通う有機的な肉体から溢れる愛液は、ねっとりと熱く、上等だった。

世界中の男たちが大枚をはたいて犯したがったそこを、何度もジークヴァルトの雄蘂でこすられ、アルファナの肉孔がヒクヒクと震える。まるでいざなうように、花弁の裏側がチュッと彼の先端に吸いつく。

(嫌ッ……焦らす、の……っ)

遂にアルファナは、その細い腕をジークヴァルトの首に絡みつかせた。その瞬間、いくらでも抑制できるはずの欲望を、ジークヴァルトは解放させた。

「あうぅっ！」

思わず押し潰されるような声が、アルファナの口から漏れる。ぶぢゅ、と熟れた果肉を押し分けて、大きすぎる雄蘂が狭隘《きょうあい》な少女の蜜肉の中に潜りこむ。アルファナは懸命《けんめい》に息を吐き、それを受け容れた。

(嫌ッ……太、い……わたし、の……中、また、拡げられて、しまう……！)

アルファナにとってこれは、然《しか》るべき相手と正式な婚姻をするまでは、してはいけないはずの行為だ。

次期王妃たるアルファナにとって、結婚とは民族のためにするはずのものだった。それがいまや、敵国の王によって、すっかり淫《みだ》らに変えられてしまった。

「あ、ァッ……だ、めっ……それ、嫌、ぁっ……」

甘い声でアルファナがねだる。ねだっているつもりはないが、そうとしか聞こえない愛らしい声だった。

深く、奥まで入れられた後に、入り口だけを一番太い部分でこねられるのにアルファナは弱かった。

一度拡げられてしまった奥がもどかしく、疼くのだ。

けれども、また深く突いて欲しい、などとはアルファナは言えない。言いたくない。

「ひッ……それ、やめ、てぇっ……！」

一度は大人しくなった触手たちが、アルファナの媚肉に蝟集《いしゅう》する。

すっかり尖り、膨らんだ陰核の根元を、また搾られる。乳首が見逃されたのは、ジークヴァルトのお気に入りだったせいだ。

お気に入りのキャンディーを、彼は冷たい舌の上で転がし、時折前歯で軽く噛んだ。乳房がジークヴァルトの手に掴まれ、口元まで持って行かれる。アルファナの大きく張りのある乳房なら可能だった。

「あぅっ……ン……ふ、あぁぁっ……！」

クチュ……ヌチュ……と響く濡れた音が耳に障《さわ》る。その音は否応なく、清純な乙女だったアルファァナを官能の奈落へと突き落とす。

「きゃぅぅぅっ……！」

散々焦らされた蜜孔の最奥に、ずぐりと熱い杭が打ちこまれる。ジークヴァルトの傀儡である触手たちは、酷《ひど》い悪戯《いたずら》を彼女の肉体に施し続けている。

ジークヴァルトのもので目一杯拡げられた花弁の下、会陰《えいん》の部分を擽られ、アルファァナはますます強くジークヴァルトにしがみつき、泣き喘ぐ。

「い、ぁぁあっ！　そこっ、らめぇぇっ！」

触手は、未通の部分にまで達した。恥ずかしい尻の窄まりの、微細な皺《しわ》の一本一本をちろちろと舐《な》めるように刺激され、アルファァナは堕ちた。

「やっ、嫌ッ、堕ち、ちゃぅぅっ……！」

本当にどこか高い所から落下するような恐怖を感じて、アルファァナはジークヴァルトの逞《たくま》しい背中に腕を回し、しがみついた。すんなりとした両足で彼の胴を締め上げることさえした。

それさえすれば、ジークヴァルトはアルファァナにこの上なく優しい。

「あ、ンッ、ふぁぁっ……！」

ねっとりと熱い蜜孔を、硬いもので掻き回されて、アルファナはまた達した。突かれるたびに、ぷぢゅ……ぢゅく……と溢れる蜜は、とろりと熱く、尻の割れ目にまで伝い落ちてゆく。

焦らされた少女の部分を思い切り突かれながら、触手による悪戯を尻の窄まりに受け続け、アルファナは震える睫毛《まつげ》を伏せた。

マグナティカだからか、それとも、彼だからか。

アルファナには判然としなかったが、ジークヴァルトのセックスは、純潔の乙女であったアルファナを狂わせた。高価なマグナティカが性玩具の機能を持ち合わせていることなど、うぶなアルファナには知る由もない。だから彼女はそれを自分の淫らさのせいだと信じた。

「ふぁぁ、ンンぅ……」

蜜孔の奥に、カイザーの子種が含まれた白濁液《はくだくえき》を注ぎこまれ、狂った夜はやっと終わる。じわりと熱く沁《し》みこむような錯覚《さっかく》にさえ、アルファナは感じて身を捩る。入れられたままの肉棒はまだ熱い。

ヒトではない彼に『終わり』はない。何か別の方法で満たされるまでは。

「ん……ふ……」

早く終わらせたい一心で、アルファナは彼のキスを甘受した。ジークヴァルトのキスは巧みだった。優しく唇を吸われ、熱く渇いた口腔を舌でなぞられて、また感じてしまう躰にアルファナは苦しみ続ける。陶然《とうぜん》としながらアルファナは、胸の裡《うち》に強固な不安を抱えていた。

自分は、忌むべきマグナス皇帝の子を孕《はら》むのだろうか。

マグナティカは人間の母胎《ぼたい》を借り腹にして、繁殖《はんしょく》することができる。今、アルファナの中に注がれているジークヴァルトの精液には、彼自身の存在を明かすスペルが含まれているはずだ。

受胎は、可能に違いない。

最上級のマグナティカは生殖をも自在に操れるが、受胎を避ける『配慮』が今、されているとは到底思えなかった。

彼はアルファナに執着し、所有したがっている。

雄型のマグナティカの特性がこれだけ濃ければ、執着している雌に種付けをしたがるのは当然だった。

絶頂に溺れきれないアルファナを、ジークヴァルトはまだ執拗に溺れさせようとしている。

深く入れられたままの状態で、まだ感じている媚肉の中をぐり、と掻き混ぜられて、アルファナの躰だけが続きをねだる。

「あンぅ……ッ」

今宵《こよい》は何度、注がれるのか。

数えるのを、アルファナは途中でやめた。

憎むべき敵国の皇帝に抱かれている自分。

その禁忌《きんき》さえ、歯を食いしばらなければアルファナは忘れてしまいそうになる。世界のすべてを掌握し、魅了するカイザーから注がれる寵愛は、あまりに激しく、アルファナの理性を焦がす。

アルファナの誇りはすべて奪われた。皮肉なことに、そのお陰でヒトのままでいられたことも、彼女は自覚している。

この男に買われたのだ、という事実が、愉悦に蕩けた頭の奥にこびりついている。

絶頂のさなか、泣いて縋りたいような気持ちに一瞬でもなったことを、アルファナは深く恥じた。

手の届かぬ窓の外には、緑が溢れている。高い塔の下に広がるのは、何千年も昔に存在したであろう石造りの町並みだ。

ここは偽りの楽園、血の通わぬ王の居城だ。

1　出会いは雨の中

アルファナがその青年を見つけたのは、篠《しの》突《つ》く雨の降る夜だった。

ここは、マグナス。魔道と、魔導師によって支配された世界だ。

世界を支配するのは魔導師を擁《よう》するマグナス人であり、彼らの暮らしぶりは繁栄を極めている。が、それ以外の民族は皆、日々の糧《かて》にも事欠くほど貧しい。厳然《げんぜん》たる格差社会が形成された世界だった。

その中でも特に、アルファナの生まれた北のスラムは貧しい。アルファナは、闇市での買い物を終えた帰り道、つらつらと過去について考えていた。

(もとは、わたしたちアルカナ民族だって豊かな土地で暮らしていたはずなのに)

何もかもが泣きたいくらいに高くて、満足に食事もとれない暮らしの中で、アルファナの心を支えていたのは亡き父母の聞かせてくれた故郷の話だ。

もともとマグナスには、いくつもの民族が共存していた。

それが、三百年前の大戦で、マグナス人だけが他民族を支配する独裁的な体制に変わってしまったのだという。

この大陸に魔道を持ちこんだのは、マグナス人だった。魔道によって強化されたマグナス人は《マグナティカ》と呼ばれ、この世界のすべてを手に入れた。

その頂点に立つカイザーは、ここより東の、日が昇る方角にある、レムクール城で暮らす。夜目にも明るく、天を衝《つ》くようにそびえ立つ城を、アルファナはいつも忌々しい気持ちで眺めた。

(父様と母様を殺したマグナス兵の親玉が、あそこにいるのよね)

魔道によるマグナティカ手術を受けられない貧困層は奴隷化し、その一部は地下にもぐり、反マグナティカを旗印に、テロ活動を続けていた。原因は、マグナスによる弾圧と虐殺《ぎゃくさつ》だった。アルファナの両親も十年前、アルファナが九歳の時、彼女の目の前で殺された。

(お姫様って言われても、実感がわかないわよねえ……)

水たまりに映った自分の姿を見て、アルファナはしみじみと思う。亡き父母は、アルカナ王朝最後の王と王妃だった。アルカナ亡命政府は、このスラムにひっそりと、枯れかけた樹木のように息づいている。

アルカナ人たちの結束は固い。彼らはどれほど追い詰められても戦うことをやめない、勇敢な戦士たちだ。

アルファナは今や、アルカナ王朝最後の姫であり、彼らの精神的支柱でもあった。そういう自分の立場をアルファァナは十全に理解しているつもりではあるが、如何せん身なりは普通の町娘だ。

武器を携行している点だけが、町娘とは違ったけれど。アルファァナは、スラムで一人歩きできる程度には戦慣れしていた。

（純血であることって、そんなに大事なのかしら）

アルファァナはまだ、水たまりに映った自分の姿を見ている。

真珠色の肌。琥珀の瞳。それに漆黒の髪が、純アルカナ人の証だ。アルファァナの容姿は、見事にそれを兼ね備えている。長い髪をポニーテールにしているのは、戦う時に邪魔になるせいだった。

三百年も続いた戦争によって、純血のアルカナ人はすっかり減った。皆、やむを得ない事情によって混血せざるを得なかったからだ。

さすがに王族だけは純血を継続していたが、王弟の子であるカルヴァンの母親は、混血だった。

とは言え、カルヴァンは男子であるだけで王位は約束されている上に、アルファァナの婚約者だ。アルファァナと結婚すれば、カルヴァンの地位は盤石のものになることはアルカナ法によって定められていた。

（結婚したって、カルヴァンに実権は渡さないわ）

アルファナはきりりと表情を引き締めて、止まっていた足を再び動かし、歩き始めた。

魔道でいくらでも火力を生み出せるマグナス貴族たちの城とは違い、スラムの夜は暗い。

アルファナの目には、地べたに転がったそれは地面と一体化して見えた。要するに、見落とした。

「きゃ……!?」

何かに躓《つまず》いて、アルファナは転びそうになる。蹈鞴《たたら》を踏んで、なんとか体勢を立て直し、アルファナは地面を見た。

地面に転がっていたのは、黒い布にくるまった人間だった。かなりの長身だから、男だろう。

(どうしてこんな所で寝てるのよ！ ていうか、また死体……？)

スラムに死体が転がっているのは、珍しいことではない。なんらかの事情で流れ着いて客死する者もいれば、ここで殺される者もいる。スラムで生まれ育ったアルファナにとっては珍しくもない光景だ。

アルファナは溜め息をつき、打ち捨てられた死体の傍らにしゃがみこんだ。

(死体なら、弔《とむら》ってあげないと)

スラムで見つけられた死体は、町はずれの遺跡のそばに、まとめて埋葬される決まりになっていた。死体をそのまま放置しては、疫病《えきびょう》の原因になる。

「仕方ないわね、見つけちゃったんだから」とひとりごちて、アルファナは死体の状態を確かめようと、手を伸ばした。

アルファナの指先が、死体の背中に触れた途端。

死体は、黒い布を押し退けて起き上がった。

「……っ！」

アルファナは驚いて、後ろへ仰け反った。

（動いた……生きてる……！）

動かぬ死体より、生きている人間のほうがスラムでは警戒すべき相手だ。アルファナは即座に短剣を抜き、身構えようとした。が、剣の柄に手をかけたまま、アルファナの目は『彼』に釘付けになった。

（なんて、きれい……）

地面から起き上がった男は、こんな雨の中で寝そべっていたにも拘《かかわ》らず、白皙《はくせき》の美貌を保っていた。

遺跡に残されている、彫刻のような顔貌。緩くうねる金髪は濡れて、スラムにかろうじて届く光を受けて黄金色に輝いている。

アルファナが何より視線を奪われたのはその瞳の色だった。荒廃したスラムでは、遠出しないと見ることさえできない、菫色をしていた。スラムで見受けられる物で一番近いのは、アメジストの色だろう。アルファナは彼そのものが、宝石のようだと思った。

彼がマグナス人であることは、その人種的特徴から明白だったが、菫色の瞳を見たのはアルファナも初めてだった。マグナス人の瞳は大体、青か緑が多かったからだ。

「あなた、マグナス人よね。どうしてこんな所で寝ていたの」

ようやく冷静さを取り戻したアルファナは、彼と少し距離を取り、慎重に尋ねた。彼は、菫色の瞳でじっと見返すだけで、答えない。

見たところ、彼は怪我はしていない。黒い布のように見えたのは外套《がいとう》で、その下にはマグナス貴族が着る平服が見えた。絹のシャツに黒い天鵞絨《ビロード》のズボンなど、スラムで身につけている者はいない。たまに闇市に流れてくるのを目にするくらいだ。

(スラムに流れ着く人の中には、政争に敗れた貴族がいるとキリエが言っていたわね)

アルファナは、つい三ヵ月ほど前にスラムに流れ着いた闇医者のキリエの言うことを思い出していた。

マグナス人とアルカナ民族との混血であるというキリエは、貴族に仕えるA級市民街の出身らしかったが、貴族同士の権力争いに巻きこまれ、濡れ衣を着せられスラムに逃れてきたのだと言っていた。

そういう事例は、他にもあった。どこもかしこも、争いだらけだ。

改めてアルファナは、彼のことをじっと観察した。

（病気か何かで、捨てられたのかしら）

抵抗するでもなく、何か話すわけでもない彼は、無力な木偶《でく》のように見えた。美しい、軍神のような姿でありながら、何もできない彼にアルファナは妙に心惹かれた。

「喋れないの？」

「……………」

アルファナの問いかけにも、彼は黙って見つめるばかりだ。仕方ないわね、とアルファナはもう一度、呟いた。

「それだけ体が大きければ、働けるでしょう。うちに来れば、荷役の仕事くらいあるわよ。もっとも、マグナス兵とは敵対することになるけど、それでよければ……」

アルファナが説明を終える前に、彼はすっくと立ち上がった。見下ろされる格好になって、アルファナはぎょっとした。

「お、大きい、のね……背が……」

立ち上がってみれば、男の長身痩躯は一際、見栄えがした。捨てられて間もないのだろう。まるで汚れてもいない、貴族そのものの風貌だ。

（マグナス人で、貴族なんて最悪なんだけど）

それでも、まだ生きている人間をここに打ち捨てて行くのはどうしても躊躇われ、アルファナは彼を自宅へと連れ帰った。腐ってもアルファナは亡命政府内では王位継承者だ。

浮浪者を一人連れて帰れるくらいの権限は持ちあわせている。

歩く道すがら、アルファナは彼に名前を聞いた。

「あなた、名前は？」

「………………」

やはり、返事はない。

少し考えて、アルファナは言った。

「名前がないと、呼ぶ時不便だわ。名前ってとても大切なのよ」

なぜその時、自分がその名を彼に与えてしまったのか。アルファナ自身にも、わからない。ただ、アルファナは寂しかったのかも知れなかった。

「トール。本当の名前をあなたが思い出すまで、そう呼ぶわ」

それはアルファナの、病気で死んだ弟の名前だった。


トールと名付けられた彼は、案外すぐにスラムに馴染んだ。彼が、多少なりとも魔道を扱えたことが、彼の地位を保障した。

アルカナ民族が信じるアルカナ教では魔道は否定されていたが、背に腹は替えられないのが実情だ。魔道が使えれば、容易に火が灯せる。水だって浄化できるし、魔導師のレベルによっては、病気や怪我も治せるのだ。貧しいスラムで、その魅力に抗える者は少なかった。

「トール！　うちの赤ん坊が下痢《げり》してるの。治してよ」

今日もトールはアルファナのアジトから、女たちに頼まれて治療に向かう。女たちに引っ張られて行くトールに、アルファナは告げた。

「トール！　西側のバラックに行くなら、フィーのところに寄ってあげて！　あの子も熱を出しているの！」

アルファナがそう叫ぶと、トールは振り向き、こくりと頷いた。フィーというのはアルファナが実の妹のように可愛がっている、身寄りのない少女だ。アルファナはフィーを、西側のバラックに住む子供のいない夫婦に預けていた。

トールの魔道ランクは高かった。彼は火を熾《おこ》すことも、水を浄化することも、簡単な治癒もできた。

魔導師としての位は、Bランクくらいだろうとアルカナの長老は評価した。カイザーの居城にはAランクどころか、不死の魔道が扱えるSランクの魔導師さえ存在するらしいが、Bランクだってこんな町中では大先生の扱いを受けるレベルだ。何せアルカナに魔導師はいないし、マグナスにだって魔道を習得できる者はそんなにたくさんはいない。

魔導師は、それだけで選民と言えた。

(いくら戒律で禁止されていたって、ここにはろくに薬もないんだもの。魔道がなければ、死んでしまう人がたくさんいる)

かつては厳しい戒律に従って暮らしていたアルカナ人たちも、背に腹は替えられなかった。金儲けや戦に使うことは厳禁されているが、病気や怪我の治療に限っては、魔道の恩恵に浴することを受け容れ始めていた。

毎日毎日あちこちにトールが呼び出されるのに、アルファナはほんの少し、拗《す》ねている。

「みんな、トールをこき使わないでよ。彼はまだ記憶も戻ってなくて、半病人みたいなものなのよ」

アルファナが言うと、彼女に仕える女たちが笑った。

「まあまあ、アルファナ様ったら。トールが病気だなんて、誰も信じませんよ。彼は無口なだけで、なんでもできるじゃありませんか」

「本当にね。僕のほうは商売あがったりだ」

その時、アジトの入り口で男の声がした。アルファナは椅子から立ち上がり、彼のほうへ向かう。

「キリエ。来ていたの」

アジトを訪れたのは、このスラムに流れ着いて間もない医師のキリエだった。

混血だが、アルカナの血も引く彼は、同胞を頼って逃げてきたらしい。眼鏡をかけ、おっとりした風貌の彼は、美しいが氷のようなまなざしのトールとは対照的だ。髪も目も焦げ茶色で、なんだかこのスラムでは風景に溶けこんでしまいそうだった。

それでも彼は親切な医師として、スラムの住人に慕われていた。

「みんな、キリエのほうにも行きなさいよ。キリエの煎《せん》じる薬草だって、よく効くじゃない」

アルファナがそう言うと、女たちはくすくすと肩を揺すって笑った。

「それはそうですけどねえ」

「やっぱりこう、頼りがいの違いっていうか」

「ひどいなあ。僕だって赤ん坊の下痢くらいは治せるよ」

キリエが苦笑して頭を掻くと、笑い声は一層、大きくなった。

(もう！　みんな、トール、トールって、気安いのよ！)

口には出せない不満を、アルファナは心の中で叫んでアジトから飛びだした。アルファナは、仕事が終わったら、トールと遺跡で落ち合う約束をしていた。もっとも、トールの仕事がいつ終わるのかはわからない。彼は朝から晩まで、引っ張りだこなのだから。

スラムの大通りを、アルファナは肩を怒らせてずんずん歩いた。物売りと、武器を手にした男たちが往来を埋めている。女と子供の姿は少ない。

誰かに後ろから肩を摑まれ、アルファァナは立ち止まった。振り返ると、見知った顔がそこにあった。

「何を急いでるんだ、アルファァナ」

面倒くさい相手に出会ってしまったと、アルファァナは内心、思った。

アルファァナの肩を摑んだのは、婚約者のカルヴァンだ。アルファァナよりは少し赤みを帯びているが、アルカナ人らしい黒髪に精悍《せいかん》な顔立ちをした彼は、スラムでは女たちの憧れの的だった。

恐らく彼は、アルファァナと結婚しても第二夫人、第三夫人を持つに違いない。そういうところが、アルファァナの不興を買っているとは彼自身、思いもよらないのだろう。顔も頭もよく、アルファァナと同じ迫害を受ける民族とはいえ、その中では身分にも恵まれたカルヴァンには、無神経なところがあった。

親の決めた婚約者であるアルファァナを愛していると公言しながら、平気で他の女を抱く。だからこそアルファァナは、彼には手も握らせなかった。

(トールが……弟が生きていたら、王位は弟のもので間違いなかったのに)

カルヴァンの顔を見るたびに、アルファァナはつい、詮無《せんな》いことを考えてしまう。残念なことに、カルヴァンと死んだ弟のトールは、顔が似ている。従兄弟なのだから、当たり前と言えば当たり前だ。

ただし性格は、まるで真逆だった。トールは大人しくて優しく、アルファナの後ろに隠れてしまうような内気な子供だった。

カルヴァンはアルファナの肩を抱き寄せ、その耳元で囁いた。

「ちょっとときな臭い話を聞いた。スラムの外へ出るなよ」

「わかったわ」

アルファナは即答したが、その忠告に従う気はさらさらなかった。ただ、一刻も早くカルヴァンから離れたいからそう答えただけだ。

アルファナはこのあと、弟ではないほうのトールと、スラムの一番北側にある遺跡で落ち合うつもりでいた。

(トールは魔道が使えるし、わたしだって剣が扱える。二人でいれば、平気だもの)

アルファナは、まだ何か言い募ろうとするカルヴァンを振り切ろうとしたが、カルヴァンは左手でアルファナの肩を強く抱き、離さない。カルヴァンの右手には、毒々しい紫色の槍が握られていた。アルファナはそれがあまり好きではない。

(皇帝をも射抜く伝説の槍だなんて言ってるけど。旅人から買った物の効能なんて、信じられるのかしら?)

カルヴァンが今、自慢げに掲げているのは、スリーSランクのマグナティカである皇帝さえ殺せるという槍だが、そもそもの出自が怪しい。なのにカルヴァンと取り巻きの男たちは、すっかりと槍を売りつけた旅人の言葉を信じている。

(そりゃあ、Cランクとはいえマグナティカの皮膚を貫いたのはすごいけど。まさか、皇帝には通じないわよね……)

アルファナは、もしかしたらカルヴァンより現実的なのかも知れなかった。槍の効能については、今一つ信用できない。

いつまでも肩から手を離さないカルヴァンに痺れを切らして、アルファナは言った。

「ちょっと、離してよ」

「おまえ、俺の言うこと全然聞いてないだろう」

カルヴァンの指摘にアルファナは少しだけぎくりとしたが、顔には出さない。

「聞いてるわ」

「嘘だな。おまえ、最近おかしいぞ。あんなよそ者に入れあげて」

トールのことを言われたのだと気づき、アルファナはつい、かっとなる。

「トールは関係ない！　彼はよく働いてるんだし、問題ないでしょ！」

「大ありだよ。アルファナ、おまえ、自分の立場がわかってるのか？」

したり顔で言われて、アルファナは俯《うつむ》いた。

カルヴァンは声を低くして続けた。

「俺たちはただの婚約者じゃない。次期王と、王妃だぞ。もっと自覚を持てよ」

「持ってるわよ！　だからわたし、戦ってるでしょう！」

アルファナはついに、剣を抜いた。その剣幕に、カルヴァンがやっと肩を離してくれる。

実際、アルファナは戦闘では率先して戦った。

アルファナにとって王位とは弟のものであるはずだったから、父王、母后が亡くなってからは、弟を守ることだけに専念してきたのだ。

だから自分が前線に出て戦うのは当たり前だったし、そのほうがアルファナにとって気が楽だった。

（お飾りの王妃になるなんて、冗談じゃない）

それがアルファナの本音だった。トールさえ生きていてくれたら、カルヴァンは王位継承者にはならなかったはずだ。

カルヴァンもアルファナも、今は十九歳だが、来年には二十歳になる。そうすればカルヴァンは、アルカナ法に則って、正式に即位する。と同時に、アルファナは彼の妻になる。

アルカナ王朝の血統を守るためには、最良の方法であるはずだった。

（仕方がない。それが運命だし、父様と母様の願いだったんだから――）

アルファナには父母の願いは、無下にできない。そうすることが仲間たちのためにもなるのなら、カルヴァンと結婚し、アルカナ民族のために尽くすのが宿命だ。

ずっとそう思ってきたはずなのに、アルファナの心は揺れていた。

その時、不意にアルファナの体が後ろに引き寄せられた。顔を見なくても、今、自分を引き寄せたのが誰なのか、アルファナにはわかった。

「……トール」

小さく、遠慮がちな声でアルファナは彼の名を呼んだ。トールが、アルファナの肩を抱いていた。アルファナは慌てて剣を鞘《さや》に収める。

アルファナを奪われるような形になったことで、カルヴァンが不快感をあらわにする。

「おい。なんだ、その態度は。よそ者が」

「仕方ないでしょう。トールは、この町のことがまだよくわかっていないの」

カルヴァンが先日、件《くだん》の槍の性能をトールの体で試そうとしたことを、アルファナは忘れていない。アルファナが庇《かば》うと、カルヴァンはますます不機嫌になる。

「頭が悪いんじゃないのか、そいつ」

「頭が悪かったら、魔導師にはなれないんじゃない」

トールが何も言い返さないから、むきになってアルファナが言い返す。そういうところも、弟であるトールと似ていた。

「行くわよ、トール」

トールを促して、アルファナは町はずれの遺跡へと向かった。内心、嬉しかった。トールが、助けに来てくれたみたいで。

（多分だけど……カルヴァンと戦ったら、トールが勝つわ）

それはアルファナの、戦士としての勘だった。トールは、上背があるだけでなく、武術をやっていた者特有の足さばきを時々垣間見せた。反射神経もいいし、筋力もある。その点が、死んだ弟のトールとは決定的に違っていた。

◆
◇
◆

スラムの最北、まるで陽の当たらない遺跡に辿り着くと、アルファナはようやく一息入れた。

倒れた支柱にアルファナが腰掛けると、隣にトールも座る。アルファナは、彼の肩に身を預けた。トールも、当たり前のように彼女を受け止める。

スラムの中でも特に寂れた場所ではあるが、ここだけは雰囲気が町並みとは違う点が、アルファナは気に入っていた。

何百年、何千年前かはわからないが、ここは神殿で、太古の神が祀られていたのだという言い伝えがあった。アルファナはそれを長老から聞いて、ますますここが気に入った。

崩れた壁や柱に彫られた女神たちの姿は、鳥や蛇《へび》に似ていて、怖ろしいような懐かしいような、不思議な感じがする。

トールがここへ来て、まだ一月も経っていないにも拘わらず、二人はすっかりうち解けて、恋人同士のようになっていた。

アルファナが、何もできなかった彼の世話を甲斐甲斐《かいがい》しくしたせいか、トールはすっかりアルファナに懐いた。

大きくて立派な犬に懐かれたみたいで、アルファナも誇らしい気分だ。

（トールは……どう思っているんだろう？　わたしのこと……）

アルファナはトールを、大きな弟のように思っていた。正確には、そう思おうとしていた。アルファナには婚約者がいる。他の男に恋心を抱くなど、言語道断のはずだった。

夕闇の気配を感じて、アルファナは目を閉じる。と、その時、頭上から名前を呼ぶ声がした。

「アルファナ」

えっ、と叫んでアルファナは顔を上げた。初めて聞く、トールの声だった。

「トール、喋れるの⁉」

「最初から、喋れた」

淡々と、トールは答えた。

「特に喋る必要がなかったから、黙っていた」

「何よ、それ……」

アルファナは拍子《ひょうし》抜けがする思いがした。トールは声が出せない病気なのではないかと、ずっと心配していたからだ。

「でも、よかった。名前、呼んでくれて……」

アルファナは微笑んで、もう一度彼の肩に凭《もた》れた。トールが、アルファナの髪を撫でる。後ろで一つに纏《まと》められているアルファナの髪にじゃれるのが、彼は好きだった。

朽ちかけて、灰色に染まった石造りの町並みが闇に沈んでいく。遠くから、夕餉《ゆうげ》の匂いが漂ってきていた。

「トールは、どこから来たの……？」

「わからない」

トールは即答した。嘘をついている様子はない。本当にトールには、記憶がないのだろう。今までだって、何を聞いても彼は、首を横に振るだけだった。

それでも、こんな場所はきっと、トールには相応しくないのだろうとアルファナは寂しく思った。行き倒れていた時の服装を見れば、トールが貴族階級だったことはわかる。それに、アルカナとマグナスは敵対関係だ。トールがいるべき場所が、ここではないことだけは確かだった。

（わたしは、トールとは結婚できない）

アルファナの婚約者は、カルヴァンだ。もとは敵国の貴族であったはずのトールと、アルカナの次期王妃が結ばれるなんて、絶対に不可能だ。

（記憶を取り戻したら、トールは、どこかへ行ってしまう……？）

そんな予感が、アルファナにはしていた。

一体如何なる理由で、トールがスラムで倒れていたのかはわからないけれど。

彼は、決して無能力ではない。むしろ、逆だ。何か重大な責務を負っていたのではないかと疑わざるを得ない行動が、垣間見えた。

(魔道が使えて、力も強い。トールは多分、マグナスの兵士だわ。貴族だったら指揮官クラスの……)

一兵卒や下士官ではない。もう少し上の階級だろうと、アルファナは予測した。だから、これは夢なのだと思うしかない。トールはいつか、何かを思い出して……或いは、誰か迎えの者が来て、ここからいなくなるだろう。どのみち、アルファナにはトールと人生を共にする未来は描けない。

(でも、そのほうがトールのためにはいい。敵国のスラムになんか、いてはいけない)

王位継承者のアルファナが暮らすアジトだって、石造りで、二間しか部屋はない。あとは竈《かまど》と水場があるだけだ。

カルヴァンだけでなく、トールを疎ましく思う男は他にもいる。ここは、トールにとって決して安全でも快適でもないはずだった。

(竈と水場があるだけでも、ここじゃあ贅沢な暮らしだけど)

夜露が、苔生《こけむ》した石畳をしっとりと濡らし始める。アルファナが小さく震えると、トールは彼女の小さな肩を腕で包み、自らの体温を魔道で上げた。そのぬくもりが、アルファナを余計に切なくさせる。

（でも、わたしは――――）

トールに何かを告げようとして、アルファナは口を閉ざした。自分が泣いているのだとは、気づかなかった。トールの指先で、涙を拭われるまでは。

「どうした」

低いが、優しい声で彼は尋ねた。

アルファナは、まるで独り言でも言うように呟いた。

「誰も、いないの――――」

目を閉じると、瞼の裏側に消えていった景色が浮かぶ。遠く、淡い、悠遠《ゆうえん》の夢だ。もう二度とは還らない日々が、流れては消えてゆく。

言葉にした途端に、アルファナは自分の孤独をはっきりと自覚した。

夢の中で泣いているアルファナは、今よりも小さな少女だった。マグナス兵によって父母が殺された時、アルファナは九歳で、弟のトールは八歳だった
南のスラムでひっそりと継続していたアルカナ亡命政府は、マグナス兵たちの急襲によって一度壊滅させられた。今、北のスラムにいるのは、その時に生き残った者だけだ。

仲間たちとともに命からがら逃げ出したアルファナには、使命があった。アルカナ王朝最後の姫として、次期国王となるはずの弟を守り、なんとしてでも王朝を復活させねばな

らない。

そのためには強く、賢くならなければいけなかった。

年頃の少女らしく恋をするなど言語道断で、アルファナのすべては王朝のために存在していた。

王弟であり、アルファナの叔父に当たるナーグ夫妻は優しかったし、王と后を亡くしても、アルカナ民族兵たちの志気は高く、皆がアルファナを敬ってくれた。従兄弟のカルヴァンとの婚約を、皆が祝福してくれた。だからアルファナは、それが嫌だとはどうしても言えなくなった。

カルヴァンは、些《いささ》か嫉妬《しっと》深いが、アルファナには優しい。

彼の優しさも、義務感ばかりというわけではないのだろうとアルファナも思う。

カルヴァンは確かに、アルファナを愛していた。快活《かいかつ》で、牡鹿《おじか》のようにしなやかな彼はスラムの乙女たちに愛された。

かてて加えて、彼はアルカナ民族の次期指導者だ。女を抱くなというほうが無理だし、側室の子だって増えれば戦力にはなる。

誰もカルヴァンの女遊びを責める者はいない。婚約者であるアルファナにも、責める権利はなかった。激減してしまったアルカナ民族の血をつなぐのに、繁殖は不可欠だ。

異存を抱いてはいけない。ましてや、婚約者であるカルヴァンが、他の女を抱くことに傷つくなんてもってのほかだ。

アルファァナは自分にそう言い聞かせ続けてきた。不快感はあってもそれほど深くアルファァナが傷ついていないのは、カルヴァンに対する恋情がないせいだ。

が、それでもいずれカルヴァンが自分の夫になるのだと思うと、どうしても気持ちが沈んだ。

「……トール」

今、自分の傍らにいる男の名前を、アルファァナは小さく呟いた。トールは、何かを察したようにアルファァナの髪に口づけた。

『トール』と名付けた男を、スラムの外れで拾ってしまった時から、アルファァナの運命は狂い始めた。

泣いているアルファァナの髪を、優しく撫でる手のひらがある。それは、婚約者であるカルヴァンの手ではないのだ。カルヴァンもまた、精一杯の優しさをアルファァナに注ごうとしてはいたが、アルファァナは感謝こそすれど、カルヴァンの手のひらに熱情を掻き立てられることはなかった。

アルファァナは、子供のように泣いていた。

「父様も、母様も、死んでしまった」

「………」

トールは、何も言わず、アルファナの髪を撫でてくれている。

「トールも……弟も、みんな、いなくなっちゃった」

その時アルファナが呼んだ『トール』は、父母のあとに病に斃《たお》れた、弟のことだった。

アルファナはまだ十三歳だったし、弟は十二歳だった。

自分が強くならないと、みんな、いなくなってしまう。みんなのために、自分は強くならないといけない。アルファナの決意は、悲愴《ひそう》だった。

アルカナの人々は、皆、優しい。

けれどもアルファナはいつも独りだった。次期王妃たるアルファナの孤独と重圧を、分かち合える相手はいない。

最も相応しい理解者はカルヴァンであるはずだが、アルファナは不思議なほど、カルヴァンには心を預けることができなかった。それがなぜなのかは、アルファナ自身にもわからない。

カルヴァンを、信頼していないわけではない。

ただ、アルファナ自身の孤独を癒すためには、カルヴァンでは何かが足りなかったのかもしれない。

泣いているアルファナを、トールが強く抱き寄せた。

アルファナは泣き濡れた瞳で彼を見上げる。アルカナ民族とは明らかに違う、菫色の瞳が無表情にアルファァナを映していた。

「俺がいる」

トールは、抑揚の少ない声で、それでも彼なりに精一杯の感情をこめてアルファァナに告げた。

「俺がいる。アルファァナ」

「でも、死んでしまうんでしょう」

アルファァナは、死んだ弟の名を与えた、行きずりの青年の腕の中で首を振った。

「トールも、わたしを置いて、先に死んでしまう」

トールなんて名前をつけなければよかったと、後になってアルファァナは悔やんだ。寂しさで、頭がおかしくなっていたのだと思う。死んでしまった子供の名前なんて、不吉だ。

だが、他でもない『二番目のトール』は、それを否定した。

「死なない。俺は、魔道人形だから」

「え……？」

宵闇の中で、アルファァナは泣き濡れた目を瞬かせる。魔道人形、と彼が自称したことに、驚いていた。

「何か、思い出したの……？」

「思い出さなくてもわかる。俺は、マグナティカ……つまり、魔道で造られた、人形だ」

人形、という言い方にアルファナは不穏なものを感じ取ったが、同時に、抑えがたい希望も感じた。

マグナスの魔道によって強化された人間、それがマグナティカだ。マグナティカにも階級による『品質』の差はあるが、レムクール城に棲む最上級のマグナティカ、即《すなわ》ちカイザーは不死だという。不死を誇るスリーSランクのマグナティカはカイザーしかいないが、それ以下のSランク、Aランク、Bランクまでのマグナティカなら、超長寿であることは間違いない。

そして、トールは恐らくBランクのマグナティカだ。魔導師によるメンテナンスを受ければ、じゅうぶんに超長寿が叶うランクだろう。

それを知ってか、決然と彼は言った。

「アルファナを置いて、死んだりしない」

その言葉が、アルファナの心を衝いた。置いていかないで、とアルファナは、何度も願った。父にも、母にも、弟にもだ。願いは一度も聞き届けられなかった。その願いが、今、叶うのだとしたら。

「嬉しい……」

アルファナにはこれ以上の喜びはない。

胸に顔をうずめて、アルファナは震えた。

永遠の命は、アルカナ教の戒律で禁止されているのに。

アルファナは確かにそれを望んでしまっていた。

取り残されるのは、もう嫌だった。

トールは、アルファナだけを見つめてくれた。アルファナに熱い視線を送る男など、他にいくらでもいたのに。アルファナを満たした視線は、トールのものだけだった。トールだけは完膚《かんぷ》無きまでに、完璧に、すべてをアルファナに向けてくれていた。

過去も未来も持たないトールに、アルファナはいつしか溺れていた。ただそばにいて、優しく髪を撫でてくれるだけの魔道人形こそが、アルファナの心を満たした。

アルファナは自覚した。

賢《さか》しげなことは何も言わない。ただそこに在るだけの、美しい魔道人形に、アルファナは恋をしてしまったのだ。

自分でも、どうしようもないほどに。

「誰も、いないの」

もう一度、孤独の源泉を、アルファナは呟く。

みんないる。

けれど、誰もいない。

アルファナの心の中には、もう、誰も。

「家族も、友達も、わたしには、もう、誰も」

同胞たちは守るべき存在、或いは、率いるべき部下だ。友ではない。そして、家族はもう誰もいない。

「俺がなる」

優しい魔道人形は、アルファナの言葉に即答した。

「俺が、アルファナの友達で、家族になろう」

アルファナは彼に凭れたまま、小さく笑った。

「ふふ。弟にしては大きすぎるわ。兄様にするにも、わたしたち、髪と瞳の色が違いすぎるわね。それに、肌の色も」

「なら、夫は？」

突然の提案に、アルファナはどきりとして顔を上げようとした。しかし彼は、しっかりとアルファナを抱いて、放さなかった。

「夫。もしくは、恋人では、駄目か」

「だ……」

駄目、と言いたかったのに、アルファナには言えなかった。トールは、今までの沈黙が嘘のように、立て続けに喋った。

「アルファナはきれいだし、かわいいし、優しい」

「そ……っ……それは、言いすぎ、よ、バカッ……」

やっと言葉を発して、アルファナは恥ずかしさに身を捩る。それでもトールの腕は緩まらない。

スラムの外れ、朽ちかけた石造りの遺跡に、雨が降り始めた。

遺跡にはもう一つ、噂があった。足を踏み入れれば呪われるという噂だ。近くに死体を埋めているせいで発生したのだろう。けれど、そのお陰で滅多に人がやってこない。一人になりたい時、アルファナはいつもここへ来た。今は、二人になりたい時だけ来ていた。トールと、二人きりになりたい時だ。

ここは、二人だけの秘密の場所だった。

「わたしは、アルカナ王族の最後の生き残りなの……」

「知っている」

雨の音に彼の声が混じるのが、心地よかった。屋根が残っているのはここだけだ。かろうじて、雨はしのげる。

独白のようにアルファナは続けた。

「一番アルカナの血の濃い男性と結婚して、子孫を残さなければいけないの」

「そうだな」

トールは、理解しているのかもわからない、淡々とした声で返事をした。彼は否定も肯定もしない。

「だから……」と、アルファナは拒絶の言葉を吐こうとした。

この恋は禁忌だ。父母との約束を破ることになる。

けれども、降りしきる雨が堤防を決壊させるように、想いは溢れた。


(好き――――)


言葉ではなく、恐らくは瞳で、アルファナはそれを伝えてしまった。

この不器用で、優しい魔道人形のことが、堪らなく好きなのだ、と。

「だ、め……」

薄暗い遺跡の中で、彼の膝に抱かれたまま唇を寄せられるのを、最後の理性でアルファナには拒絶しようと藻掻《もが》いた。

「だめ、なの……しては、だめ……」

「嫌なら、突き飛ばしてくれ」

トールは、追い詰められたような声で言った。

「止められない。が、アルファナが止めてくれれば、止まる」

(無理よ……)

自分のほうこそ、止めてほしい。アルファナはそう願っていた。どちらも止まらないまま、冷たい石畳の上で、絡み合う。

「あ……だ、め……ぇっ……」

甘い声が響く。粗末なチュニックの裾をたくし上げられ、胸部をあらわにされた時だった。拒絶の言葉は唇で塞がれた。トールが何をしようとしているのかは、アルファナにだってわかっていた。姫とはいえ、スラム育ちだ。男女の交わりを、うっかり目にしたことだってある。

けれどもアルファナ自身にとってこれは決定的な禁忌だ。アルファナの肉体と運命は、アルファナ自身のものではない。

（どうしよう……どう、したら……）

戸惑う間にも、行為は進んでいく。トールは、止める気はないらしい。深く口づけられながら下着を脱がされた時、アルファナは罪に堕ちた。

（お父様、お母様。ごめんなさい……）

一度だけ。

これ一度きりにするから。

そう言い訳して、アルファナは目を閉じる。

アルファナは祈った。

(神様。どうか今だけは、目を閉じていて下さい)

たった一度だけでもよかった。

アルファナは、トールに抱かれたかった。愛する人と、繋がりたかった。トールの背中を強く抱いて、アルファナは覚悟を伝えた。

その時まで、アルファナはまだトールのことを、庇護《ひご》対象のように思っていた。清純な乙女でありながら、アルファナはイニシアチブを取ろうとした。

「わたしが、する、から……あなたは、じっと、して……っ……きゃぁっ⁉」

おもむろに起き上がり、トールの服を脱がせようとしたその時、逆に自分のほうが裸にされて、アルファナは思わず叫んでしまう。いくらスラムの端とはいえ、人に聞きつけられたらまずい。アルファナは慌てて口を押さえた。

「あ、や、やめ、なさ、ぃっ、そんな、ところッ……ン、あぁっ……！」

大きな胸の膨らみを揉まれ、先端の尖りに口づけられて、アルファナの下腹にじぃんと痺れるような刺激が走った。アルファナにとっては未知の感覚だ。

「ま、待っ、て……ねえ、待っ……あンッ……」

剝き出しにされた下肢にも指が伸びる。

未通の割れ目に優しく指が這い回り、アルファナを蕩けさせた。

未だ快楽を知らず、ぴっちりと閉じたままの割れ目が、男の指でなぞられ、徐々に花開いていく。

中指で花弁の奥をまさぐられながら、人差し指で上部の雌芯を弄られて、アルファナは仔猫のような声をあげていた。

「アルファナ……かわいい……」

熱に浮かされたように囁きながら、トールは愛撫を続けた。

降り注ぐキスに、アルファナも応えた。薄く唇を開き、自ら舌を差し出し、トールのそれと絡み合わせる。

「トールの口……冷たい」

アルファナがうっとりと呟くと、トールが聞いた。

「嫌か」

「ううん。気持ち、いい……」

マグナティカであるせいか、トールの口腔は冷たく、火照《ほて》った肉体には心地よく感じられた。最初は怖ず怖ずと舌を絡めるだけだったキスが、徐々に激しさを増していく。

「ン、ふぅぅっ……あァ、ん……ッ」

口腔を舌で探られながらされる愛撫に、アルファナはいつしか腰を揺すっていた。クチュクチュと音がするのが恥ずかしかった。

トールの指に愛されて、アルファナの花弁は蜜を滲ませていた。その蜜を、トールは指に絡め、アルファナの雌芯を弄り回した。

「やっ、だめ、ぇっ……！　変、なの……ッ！」

自らの愛液でぬめる指で、雌芯の尖りをコリコリと優しく押されて、アルファナは拙《つたな》い絶頂に達しようとしていた。その時宜を見計らったかのように、トールはアルファナの両膝を抱え、胴をねじこんだ。

「あ……ッ」

濡れた秘唇に押し当てられたものの熱さに、アルファナがおののく。が、拒むことはできなかった。アルファナのその部分は、濃い蜜を溢れさせながら、まるでねだるように太いものの先端に吸いついた。

「あ、ぅ……痛……ッ」

それでも、押しこまれたものの大きさに、アルファナは痛みを感じた。よく熟してはいるものの、未通の花弁にそれは大きすぎた。痛みに眉根を寄せたアルファナの顔を見て、トールが躊躇いを表す。

「……やめる、か」

「う……」

まるで飼い主の命令を待つ、毛並みのいい犬のような顔を間近で見て、アルファナは胸をときめかせてしまっていた。

(そんな顔、卑怯よ……)

大好きで大切なトールのためなら、これくらいの痛みは耐えられる気がした。アルファナはここぞとばかりに姉のような顔をして、トールの頬にキスをした。

「平、気……よ……ゆっくり、ね……?」

アルファナの許可を得ると、トールは待ちかねていたように腰を進める。ただし、ゆっくり、という言いつけは守られなかった。

「あ、あ――――!」

躰を裂くような勢いで入ってきたそれに、アルファナは痛みを訴えた。

「だ、だめっ、太、ぃ……っ……ゆっ、くり、ぃ……っ!」

「無理だ」

言いながらトールは、アルファナの乳首に指を這わせる。

ピンと勃《た》ち上がった桃色の突起を、愛液に濡れた指でぬるぬるとしごかれて、思わぬ刺激にアルファナの下腹が震えた。

「やぁぁっそれっ、だめぇぇっ……!」

胸部から下腹に走る電流のような痺れに、太いものをくわえこまされているアルファナの肉筒が反応した。

新たな蜜が、内壁から溢れ、硬いものを柔らかく包み始める。破瓜《はか》の血を滲ませながらも、アルファナのそこは淫らだった。

（あぁ……こんな、こと……いけない、のに……）

繋っている部分が、熱く、切ない。また深く口づけられて、アルファナの心は蕩けきった。

「ン、ん……」

キスの合間に、アルファナは呟いた。

「好き……トール……好きっ……」

熱に浮かされたようなアルファナの告白を、トールが復唱した。

「……好き、というのだな」

「……え？」

「この、感情」

「あ、ンぅっ！」

根元まで入れられていたものをずるりと引き抜かれ、痛みと快楽が綯《な》い交ぜになった感覚にアルファナが喘ぐ。

アルファナの白い乳房を揉みながら、トールは教えを乞うた。

「他に、どう言えばいい」

「あぅ……ッ……やぁっ……あぁぁっ……」

「他に……どう言えば、伝わる」

「あ……」

この魔道人形は、『感情』の振り幅が少なかったのだということを思い出し、アルファナは改めて彼を見て、告げた。

「好き……」

「うん。アルファナが、好きだ」

「んんぅっ……！」

また突き上げられ、今度は結合部分を指で弄られた。破瓜の痛みに震える蜜口を優しくなぞられ、石榴《ざくろ》のように色づいた恥部を丸くなぞられながら、アルファナは想いの丈を口にした。

「あ……愛して、い、……る……」

「愛している」

トールもそれを復唱した。

それから彼は、初めて笑った。酷く、幸せそうに。

「アルファナが、かわいい」

アルファナの頰に唇を寄せて、彼はねだった。

「アルファナを、孕ませたい。俺の子種を、ここに、流しこみたい」

「あ、だめ、ぇっ……中、は……っ」

それだけはしてはいけないと、アルファァナは彼を押しとどめようとした。アルカナの純血を保つのに、それは最大の禁忌だ。

しかし彼は、無自覚な顔でアルファァナを追い詰める。

「だめ、か？」

叱られた仔犬のような顔で聞かれて、アルファァナは彼をずるいと思った。

（お願い……受胎、しないで……）

祈りながらアルファァナは、トールの逞しい背中をぎゅっと抱いた。

「いい、わ……好きに、して……」

アルファァナの許しを得た途端、トールは滅茶苦茶に腰を動かし始めた。

「あ、ひぃぃっ！　そんな、強く、しちゃ……あぁうっ！」

ぐぢゅぐちゅと狭隘な孔を突かれる痛みに、アルファァナが喘ぐ。アルファァナが痛みを感じるとすぐにトールは、快感でそれを上書きしようとする。

「や、嫌っ、あ、ン……今そこ……触ったら、だ、め……ぇ！」

「好きにしていいと言った」

「それ、は、意味が……あぅっ、ン……ふ……あぁぁっ……」

脇腹をなぞられた後、するりと乳房の側面を撫でられる。くすぐったさに身を捩ると、少し強めに乳首をつままれる。

下肢では雌の突起をまた弄られて、痛みが消し飛ぶ。あろうことかアルファナは、貫かれている処女孔でさえ感じ始めていた。トールが動きを優しくし、蜜肉の浅い部分で小刻みに陰茎《いんけい》を動かした時だった。

「だ、めぇぇぇっ……またっ、変、なの、来ちゃ、うぅっ……！」

悦びの極みに達しながら、アルファナはトールにしがみついた。トールは、容赦《ようしゃ》なくアルファナの中に白いものを注いだ。

（トールの、赤ちゃん……）

トールの子を孕む未来を夢想して、アルファナはひっそりと涙を流した。自分には、絶対に許されない夢だから、と。


その夜、アルファナは幸福の絶頂にいた。

この出会いが、残酷な運命を呼び寄せることなど、アルファナには予想もできなかった。

2　動乱、離別

アルファナがトールと結ばれて、十日が過ぎた。その十日間が、もしかしたらアルファナにとっては、人生で最大の幸福だったかも知れない。その夜もアルファナは密やかな幸福に包まれ、眠っていた。

遠く響く喧噪《けんそう》の気配で、アルファナは目を覚ました。粗末な石造りの部屋で、アルファナは小さなランプに火を入れる。

まだ夜明けは遠い。布をかけただけの出入り口から外に出てみれば、辺りはまだ暗かった。なのに、町はずれだけがぼうっと赤く光っている。

燃えているのだ、と、一目でわかった。

アルファナは一瞬、自分が悪い夢の中に放り出されたような気がした。人が、いないのだ。誰も。アルファナの寝所の番をしていたはずの衛士も、侍女もいない。こんなことは、初めてだった。

「シーナ！　マリー！　みんな、どこ!?」

アルファナは、隣の部屋で寝ていたはずの侍女たちの名前を呼んだ。部屋の中に飛びこんで確かめてもみたが、人の姿はない。

おかしい、とアルファナは背筋を凍らせた。

(みんな、どこへ行ったの?)

町はずれに火の手が上がったのを見て、そちらへ行ったのか。否、そんなはずはないのだと、アルファナは知っている。

ここはスラムの最深部で、最終防衛地点だ。だからこそ王族であるアルファナの寝所がある。夜襲があれば、衛士も侍女も、真っ先にアルファナに知らせるはずだ。それが、一人残らず姿を消すなんて、あり得ない。

アルファナは急いで武器を取り、炎が燃え盛る方向へ走ろうとした。と、その時、トールの声がした。

「アルファナ」

「トール! 無事だったのね……!」

やっと人に出会えたこと、しかもそれが最愛のトールだったことが、アルファナには泣きたいほど嬉しかった。アルファナは彼に駆け寄り、その胸に飛びこんだ。トールに触れた途端、アルファナの手にぬるりと温かいものが触れた。鮮血だった。

「怪我をしたの⁉」

「いや」

トールは首を振った。

「怪我人を運んだだけだ。問題ない」

アルファナを抱きしめて、トールはいつもの淡々とした声で言った。

「夜襲だ」

「ええ……」

アルファナはトールと密着したまま、後ろを顧《かえり》みる。

トールは、スラムの北端からここまで駆けつけたのだろう。よそ者のトールを、スラムの最深部で暮らさせることはできない。ましてやアルファナの婚約者はカルヴァンだ。アルファナがトールと愛し合うことは、絶対に許されない。

この関係は、長くは続かないことが最初から定められている。それでもアルファナは、一分一秒でも長くトールといたかった。

(怖い……)

アルファナはトールの胸にしがみつき、小さく震えた。

この光景を、アルファナは知っている。

十年前に、アルファナが直面した厄災《やくさい》が、今また再現されようとしているのだ。あの時アルファナは南のスラムで父母や弟と暮らしていた。南のスラムは、マグナス兵たちの夜襲を受けて壊滅し、その時に父母も殺された。

（このアジトにももう、いられないのね……）

マグナス軍に見つかってしまったら、アルファナたちはもうそこでは暮らせない。彼らは執拗にアルカナ人を捜し出し、虐殺し、殺さない場合は拐かし、売買した。なぜ彼らがそこまでアルカナ人を憎むのか、今となってはアルファナにだってわからない。ただ、そこには終わらない諍《いさか》いがあるだけだ。

それでもアルファナは戦わなければならなかった。弟亡き今、アルカナを守るのは自分だという自負があった。カルヴァンだってきっと、あの火の中で戦っているに違いない。自分だけが逃げるなんて、あり得ないのだとアルファナは震える体を奮い立たせる。

「様子を見てくるわ」

「駄目だ」

走りだそうとするアルファナの腕を、トールが摑んで止めた。アルファナはそれを振り切ろうとした。

「止めないで。わたしは、普通の女の子ではないの。わたしには、戦場に行かなければならない義務が……」

「アルファナは、戦うことが嫌いなはずだ」

本心を指摘され、アルファナはぐっと言葉に詰まる。が、その説得を受け容れるわけにはいかない。

「好きか、嫌いかで決められることじゃない。これは、王族としての……」

アルファナの言葉を、背後から近づく足音が遮《さえぎ》った。迫り来る炎を背にして、侍女のシーナがよろけながら近づいてきていた。

「シーナ！　よかった、無事だったねの！」

アルファナは歓喜をあらわにしてシーナに駆け寄ったが、アルファナの手が届くより前に、彼女はずしゃりとその場に倒れ伏した。

「シ……」

シーナ、ともう一度呼びかけようとして、アルファナの唇は固まった。シーナの背中に、無数の槍が刺さっているのに気づいたからだ。

「逃、げ……」

シーナは、血を吐きながら何かを伝えようとして、事切れた。

気が付くと周囲には、血の匂いが色濃く漂ってきていた。シーナの血だけではない。もっと、大量の……。

「見るな」

トールが、アルファナの目を手のひらで塞ごうとした。アルファナはそれを振り払い、炎を目指して今度こそ駆け出した。トールが、あとを追ってくる。

目抜き通りを駆け抜け、スラムの北端に辿り着いたアルファナは息を呑んだ。崩れ落ちた壁材を用いて造られたバリケードは辛うじて残されていたが、陥落が目前であることは明らかだった。攻め入るマグナス兵は壁のようだが、アルカナの兵はもうほとんど残っていない。

(どうして……いつの間に、こんな……!)

なぜこれほどの喧噪の中で、自分は眠っていられたのだろう。なぜ誰も、アルファナに知らせなかったのだろう。

(やっぱり、カルヴァンが売りつけられた槍は贋物《にせもの》だったのね)

この惨状を前にしては、アルファナはそう結論付けるしかなかった。カイザーを殺せる槍があるなら、マグナスの兵士に負けるはずもないだろう、と。

様々な思いが去来する中、アルカナの老兵がアルファナを見つけ、叫んだ。

「アルファナ様、ご無事で！　カルヴァン様は先に脱出されました！　姫も、お早く！」

「他の、みんなは……」

聞きかけて、アルファナは口を閉ざす。一体、どれほどの人数が逃げおおせたのか。聞くより先に、バリケードを飛び越えた魔槍が、老兵の胸を貫いた。

「ぐあっ！」

鮮血を噴き上げながら倒れる老兵の姿に、アルカナ兵たちの士気が瓦解《がかい》した。

「も、もう駄目だ。アルファナ様、逃げましょう！」

「わかったわ。みんな、いっしょに……」

言いかけた時、アルファナは後方の崩れた家の中から、子供の声がするのを聞きつけた。反射的にアルファナはそちらに駆け寄った。

「フィー！　フィーでしょ、そこにいるのね⁉」

アルファナが焼けた石を素手でどけようとすると、後ろからついてきたトールがそれを制して自ら石をどけた。赤く焼けた石を摑んでも、彼の手は焼けなかった。魔道によって強化をされた、マグナティカであるせいだろう。

アルファナは必死で、瓦礫の下からフィーの小さな体を引っ張り出した。

「よかった、フィー……！」

「おじさんも、おばさんも、死んじゃった……」

フィーはアルファナの胸にしがみついて泣いた。フィーはもともと孤児で、アルファナの計らいで、子供のない夫婦に預けられていたのだ。フィーは混血ではあるが、比較的アルカナの血が濃く、どこかアルファナに似た少女だった。

「逃げましょう、フィー」

アルファナは、フィーを抱えて逃げようとした。そして、その時に至ってようやく、手遅れなのだと知った。

「う、うわああっ！」

若いアルカナ兵たちの口から、絶叫が迸る。魔槍と魔弓が、雨のように彼らの頭上に降り注ぐ。アルファナとフィーが無事でいられたのは、トールが庇ってくれたお陰だった。

「よし、陥落だ！　戦利品と女を探せ！」

崩れたバリケードを乗り越えて、マグナス兵たちがどっと押し寄せる。彼らは目敏《めざと》く、アルファナとフィー、それにトールの姿を捉えた。

「女だ！」

マグナス兵たちは叫び、フィーを抱きかかえたアルファナに向かって突進してくる。アルファナは腰に差した剣を抜いたが、フィーを庇いながら、どれくらい戦えるか。額に汗を浮かべるアルファナの前に、トールが立ちはだかる。

マグナス人の特徴を備えたトールの姿を見て、士官と思《おぼ》しき兵が足を止め、呟いた。

「おい、あれ、マグナスの……まさか……」

「構うもんか！　どうせ贋者だ！　スラムにいるマグナス人なんて、どうせ訳ありのはぐれ者だろう。殺しちまったって、誰にもわからねえよ。アルカナ人に殺されたって言えばいいんだ」

「この、外道！」

思わずアルファナは叫んでいた。マグナス兵の暴虐ぶりは、父母を殺された時につぶさに見ている。彼らは父母だけでなく、アルファナからすべてを奪おうとしているのだ。アルファナは、怒りに燃えた。

突撃してくるマグナス兵から、トールが槍を奪う。風を切る音がして、次の瞬間、マグナス兵が二人まとめて、串刺しにされていた。

「ひ……っ」

マグナス兵が、怯んで後ずさる。アルファナは驚いてトールに尋ねた。

「トール……戦えるの⁉」

「多分」

自信に満ちた声と挙動のわりには、トールの言葉は曖昧《あいまい》だ。記憶が錯綜《さくそう》しているせいかもしれない。

（これなら、フィーを連れて逃げられる……！）

アルファナの瞳に希望の光が射した。トールは、アルファナとフィーを背に庇い、着実に活路を開いている。

トールに庇われながら、バリケードを乗り越え、スラムから脱出しようとしたその時。天空から、飛来するものがあった。闇夜を引き裂くそれは光の矢のように見えたが、トールの背中を貫いたのは、毒々しい赤色をした槍だった。

カルヴァンが持っていたはずの、皇帝殺しの槍だ。

「トール！」

アルファナの目の前で、トールは槍に射抜かれた。トールは槍を、よけられなかった、というより、よけなかったようにアルファナの目には映った。闇夜に光が射した瞬間、彼の動きはぴたりと止まったのだ。

「トール、しっかりして！」

血を流すトールを、なんとか支えようとアルファナは手を貸したが、そうしている間にマグナス兵に追いつかれてしまう。

（どうしてカルヴァンの槍が投擲《とうてき》されたの⁉　一体、どこから……！）

いくらカルヴァンがトールを疎んでいるとはいえ、この状況でわざわざトールの命を狙ったりはしないだろうとアルファナは考えた。そんなことをすれば、自分のほうがマグナス兵に見つかって殺される可能性が高くなる。

「フィー！　先に逃げて！」

なんとかフィーだけでも逃がそうと、アルファナはフィーの背中を押した。フィーは泣きながら走り出す。アルファナは、逃げない。トールを置いて逃げたくはなかった。

（ここで、トールと死ねるのなら……）

それほど不幸ではないと、アルファナは思う。どのみち、トールとは結ばれない運命なのだ。それでも、最期までいっしょにいられるのなら、アルファナにとっては幸福とさえ言えた。

マグナス兵に捕まり、トールと引き離されては元も子もない。アルファナは、せめてマグナス兵を道連れにして討ち死にしようと、剣を構える。

が、マグナス兵たちがアルファナに襲いかかるのを、誰かが止めた。

「待ってくれ。彼女は、きみたちが探していたお姫様本人だよ」

「ああ、あんたか」

暗がりから音もなく現れた男の声に、マグナス兵たちは一旦、剣を下ろす。その男の姿を見て、アルファナは驚いた。

(……!? どうしてキリエが、マグナス兵と親しげに喋っているの……!?)

返り血を浴びたキリエが、佇《たたず》んでいた。燃え盛る炎が、キリエの頬を不気味に照らしている。

マグナス兵たちは、キリエの言葉に著《いちじる》しい反応を見せた。

「必死になっていて、わかんなかったぜ。これがアルカナのお姫様かよ」

「確かに美人だが、えらい凶暴じゃねーか」

兵たちは好き勝手にアルファナを品評した。凶暴と言われたことはアルファナにとっては誇りでさえあったが、問題はそこではなかった。

なぜキリエが、マグナス人と親しく話しているのか。その返り血は、誰のものなのか。

キリエは、流れ者ではあったけれど、今となってはアルカナ民族の仲間だったはずなのだ。

そのキリエが、アルファァナを指さして残酷なことを言った。

「何もバカ正直に、枢密院に献上することはない。純血のアルカナ人、しかも、王族最後の姫だよ。ブラックマーケットで売れば、一億マグナートは下らない」

「な……」

アルファァナは剣を構えたまま、呆然とした。キリエが、何を言い出したのか、理解したくなかった。

キリエの提言に、マグナス兵たちは下卑た笑いを浮かべる。どうやら選択は決まったようだった。

「おい。取り押さえろ。なるべく無傷でな」

「ああ。大事な売り物だもんなあ？」

「誰が、おまえらなんかに……！」

絶対に許さない、とアルファァナは怒りに燃え、改めて剣を向ける。こんな連中の慰み者になるくらいなら、潔《いさぎよ》く戦って死ぬほうがマシだ。

（ごめんね、トール。守ってあげられなくて）

アルファァナは、地面に倒れているトールに心で謝罪した。もしもここにいるのがアルファァナとトールだけだったのなら、アルファァナは望み通り、討ち死にできたはずだった。

けれどキリエの狡猾《こうかつ》さは、アルファナの上をいった。

「フィーのことはいいのかな」

キリエの口からフィーの名前が出たことで、アルファナはぎくりと動きを止める。スラムの外から、悲鳴が聞こえた。フィーの声だった。アルファナは血相を変えてそちらへ駆けつけようとしたが、マグナス兵が行く手を阻む。

「フィー！　フィーに何をするの！」

「捕まえただけだよ。今はまだ、ね」

キリエの声の冷たさに、アルファナは背筋を粟立《あわだ》たせた。凡庸《ぼんよう》だが善良な町医者という彼のイメージからは、およそ想像がつかない豹変《ひょうへん》ぶりだ。

「きみが大人しく売られてくれるなら、フィーは仲間のもとへ返してあげる」

「どうしてこんなことをするのよ！」

思わずアルファナが問うと、キリエは即答した。

「生き残るためだよ」

「だったら……！」

戦えばいい、戦うべきだと言い募るアルファナを、キリエが制す。

「アルカナなんて少数民族は、マグナスの強大な魔力によって滅ぼされる。だったら、奴隷になってでもいい暮らしをするほうがマシだろう？」

「冗談じゃないわ！　そんな、みじめな暮らし……！」

「見解の相違だね。で、どうする？　フィーとともに売られるか、きみ一人で売られるか、どっち？」

「……ッ……」

アルファナに選択の余地はない。キリエの言葉など何一つ信じられないが、ここでアルファナが抵抗を続ければ、フィーが無事では済まないことだけは確かだ。

アルファナの手から、剣が滑り落ちる。それは倒れ伏したトールの傍らに、冷たい音をたてて転がった。

（トール……）

トールの、閉じた目は開かれない。もう死んでいるのかもしれない。どのみち、キリエはトールのことは助けないだろう。アルファナとフィーは売り物になるが、トールは売れない。

「トール――――！」

マグナス兵たちに囚われ、引きずられていく途中、アルファナは彼の名を呼んだ。声は虚しく風に溶けた。

3　オークションの夜

聞き慣れぬ喧噪が耳に障る。スラムでは見たこともない、天鵞絨張りの高い天井。クリスタルのシャンデリア。それらすべてが、アルファナには忌々しかった。

アルファナはまさにこれから、オークションにかけられようとしていた。

スラムを襲撃し、アルファナを捕らえたマグナス兵は、すぐさま彼女を奴隷商人に売り渡した。

長くアルファナを監禁しておくのは、リスクが高すぎるからだろう。横流ししたことが枢密院に知られれば、彼らは厳罰を受ける。

奴隷商人は二つ返事でアルファナを買った。そうして一月も経たぬうちに、アルファナは屈辱的な衣装を着せられ、こうしてブラックマーケットに出品される運びとなっていた。

アルカナ人の、透き通るような真珠色の肌はなめらかで瑞々《みずみず》しく、性奴隷市場では城を建てるのと同程度の高値がつく。おもな買い手は貴族か、マグナス軍の高級将校たちだ。

彼らは表向きはアルカナ人を見下すくせに、裏では純血のアルカナ人に酷く執着し、高値で買い漁り、慰み者にする。マグナス連邦の上流社会でひそかに流行している、爛《ただ》れた趣向だった。

せっかく大枚をはたいて買った性玩具なら、長く弄びたいと思うのが当然なのだろう。彼らは皆一様に、アルカナ人に魔道改造を施し、マグナティカにさせた。そのせいで余計に《天然物》のアルカナ人が稀少化し、値がつり上がる。

おぞましい、とアルファナは怒りに血を滾《たぎ》らせた。

アルファナは、たった十九年の人生の中で二度、誇りを奪われた。

一度目は父王と母后を、マグナスの兵に殺された時。二度目は、今だ。

檻《おり》に入れられたアルファナを乗せた舞台装置は、ゆっくりと回転した。三百六十度、どこからでも『商品』を眺められるように、という配慮だろう。その周辺の雛壇《ひなだん》に、地位の高いマグナス人たちが座っている。

檻を覆う布が、さっと取り払われた瞬間、観客席からどよめきが起きた。アルカナ人がそんなに珍しいのかと、アルファナはきつい視線で彼らを睨みつける。

「栄光あるマグナス連邦をお治め下さる、紳士淑女の皆様！　本日の出物は飛び切りでございます！　なんと、長らく逃亡していた皇国アルカナの姫君だ！」

司会者の口上が、オークション会場に響き渡った。乳房と局部だけを辛うじて隠せる、水着のような屈辱的な着衣で、アルファナは檻の中で座らせられていた。

眩いシャンデリアの光。緋色の絨毯《じゅうたん》。高い客席からアルファナを見下ろす、マグナス貴族たちの好奇の視線。

アルファナにとっては、すべてが悪夢のようだ。

(必ず生きて、逃げ出してやるわ)

泣きたくなる気持ちを、アルファナは懸命に奮い立たせる。故郷も、愛する人も、すべて奪われてしまったけれど。それでもこんな場所で、失意のうちに死ぬのは嫌だった。

「まずは一億マグナートからのご入札になります！　さあ、この稀少な美姫を手中に収められるのは、文化の薫り高き貴族院の方々か、勇猛果敢に祖国を守護し奉る将校の皆様か⁉」

司会者の口上を受けて、貴族が、将校が、次々に入札を始める。ブラックマーケットでは紙幣を目の前に積み上げるのが慣わしだった。そのほうが視覚的に興奮できるからだろう。

アルファナの足元に、憎むべきマグナス連邦の紙幣、マグナート札が堆《うずたか》く積まれていく。アルファナは昂然《こうぜん》と顔を上げ、もう一度彼らを睨みつけた。

泣いてなんかやらない。おまえらのような下衆《げす》に誇りは売り渡さない、という決意をこめて。

「十五億マグナート！」

「二十億！」

入札価格が、みるみるうちに高騰《こうとう》していく。それもそのはず、アルファナは王族唯一の生き残りなのだ。男ならカルヴァンが一番身分が高いが、彼は純血ではない上に、男だ。アルファナほどの値段はつかないだろう。

アルファナは紛うことなき『一点物』だ。この機を逃したらもう二度と手に入らないことを知っている富豪たちは、目を血走らせ、金を積み上げる。

（この人たちは、狂っている）

スラムには食べるものにも事欠く人々がいるのに、まるで斟酌せず、己《おのれ》の欲望にのみ狂奔《きょうほん》する彼らの姿は、アルファナの目には狂気としか映らない。アルファナの心はその時、冷たく硬く凍りついた。

「おい、全部見せろ。これだけの金を払うんだ。傷物でない証を見せろ」

入札価格が三十億マグナートを超えた時、たくさんの勲章を胸にぶら下げた軍人が言った。

オークションでは、出品物である奴隷の全裸は見せないのが通例となっている。すべて見せてしまっては、価値が下がるからだ。

しかし今宵は、勝手が違った。

アルファナの価値は、それくらいでは容易に下がらない。

司会者の男は、にやりと唇を吊り上げて嗤《わら》った。

「それでは、今宵は特別に」

「な……っ」

檻の中で、アルファァナが総身を強張らせる。屈強な二人の傭兵が檻の鍵を開け、アルファァナを引きずり出した。

「い、嫌……やめて……！」

司会者の合図で、傭兵が二人がかりでアルファァナを押さえにかかる。アルファァナがどれだけ暴れるかは、彼らは文字通り痛いほど知っている。油断せず、一人が背後からアルファァナの腕を掴み、もう一人がアルファァナの大きな乳房を辛うじて隠してくれていた銀糸の胸当てを奪い取る。

「くっ……」

アルファァナは顔を背け、小さく呻《うめ》いた。トール以外の男には見せたこともない乳房が、シャンデリアから降り注ぐ魔光を受けて、艶やかに光っている。それを見た客席から、歓声が湧いた。

「おお、これは見事な大きさだ！」

「色艶も素晴らしい！　肌は淡い褐色だが、乳首は桃色なのだな！」

「四十億！　四十億でどうだ！」

「いや、五十億！」

興奮し、巨額を吐き出す観客たちに、奴隷商人はますます気を良くしたのだろう。司会者の、マグナティカ化の手術代を惜しんだせいで少し干からびている手のひらが、アルファナの臀部《でんぶ》を摑んだ。

「女陰の中もお見せしますか？　それは美しいラビアですし、処女膜も……」

「嫌ぁっ！」

大きく叫んで、アルファナは背筋を仰け反らせた。野生の牝鹿のようにしなやかなその体軀が仰け反る様は、アルファナの意思とは無関係に観客たちの目を愉しませる。奴隷商人に囚われて、誇りを維持できる奴隷など滅多にいない。それだけでも、『活きのいい獲物』として価値が出ることを、アルファナは知らなかった。

おぞましい指が、アルファナの太ももに結ばれている細い紐《ひも》にかかる。その結び目を引っ張られれば、アルファナの少女の部分は衆目に晒されるはずだった。

アルファナは覚悟を決め、奥歯を強く嚙みしめた。

紐が解かれ、小さな下着がはらりと落ちようとしたその時。

「……なに……」

アルファナの視界が、不意に暗く遮られた。緞帳《どんちょう》のような厚い布地が、アルファナの頭から爪先までを覆っていた。戸惑うアルファナの耳に、貴族たちの戸惑う声が聞こえてくる。

「誰だ、いいところで外套なんか投げこんだのは！」

「規則違反だ、引きずり出せ！」

「ま、待て！」

貴族院の元老と思しき男の声が、鋭く混乱を鎮めた。

「カイザーの、外套《コート》だ……！」

「なんだって⁉」

ざわめきは一層、大きくなる。アルファナは、裸体を覆ってくれる外套をぎゅっと握り、騒動の発生源へ視線を向けた。

舞台へと続く中央階段を、悠然と金髪を揺らし下りてくる男の姿があった。周囲を守るのは傭兵でも衛兵でもない、近衛兵《このえへい》だ。一般の兵卒とは身なりが違う。

「道をあけよ！　マグナス皇帝、ジークヴァルト・カイザーのお出ましであるぞ！」

近衛兵の一声に、貴族も将校も一斉に立ち上がり、胸の前に右手で拳を作った。皇帝だけに捧げる、最敬礼だ。

アルファナは呆然と、自分に近づいてくる男を見上げた。

「……トール……⁉」

まさかその名前をもう一度口にする日が来ようとは、アルファナ自身、思ってもみなかった。ゆっくりと、アルファナに近づいてきているのは、間違いなくトールだった。

（まさか……どうして……）

アルファナは呆然とした。こんな場所に、トールが現れるはずがない。否、それ以前の問題がある。

（皇帝……カイザー……でしょう？　この人は……！）

アルファナの目の前に現れた男は、皇帝らしい豪奢な軍服を纏っている。胸に飾られている徽章《きしょう》は、宝石でできているのだろう。アルファナが見たこともないような、宝石だ。トールの瞳の色と同じ、紫色の宝石だ。

アルファナは知らなかった。紫色の瞳を持つ者が、この世界に一人しかいないことを。アルファナだけでなく、スラムの住人は誰一人として知らなかったに違いない。彼らにはカイザーに謁見《えっけん》する機会もないし、そもそもスラムで暮らすアルカナ人は、マグナスにとっては敵対勢力だ。

あの日、アルファナが『トール』と名付けた美貌のマグナティカは、無言のまま右手をアルファナに差し出した。

こちらへ来い、という合図だろう。彼は変わらず、無口だった。必要なこと以外、何も喋らない。

違うのは、豪奢な軍服を身に纏っていることくらいだ。

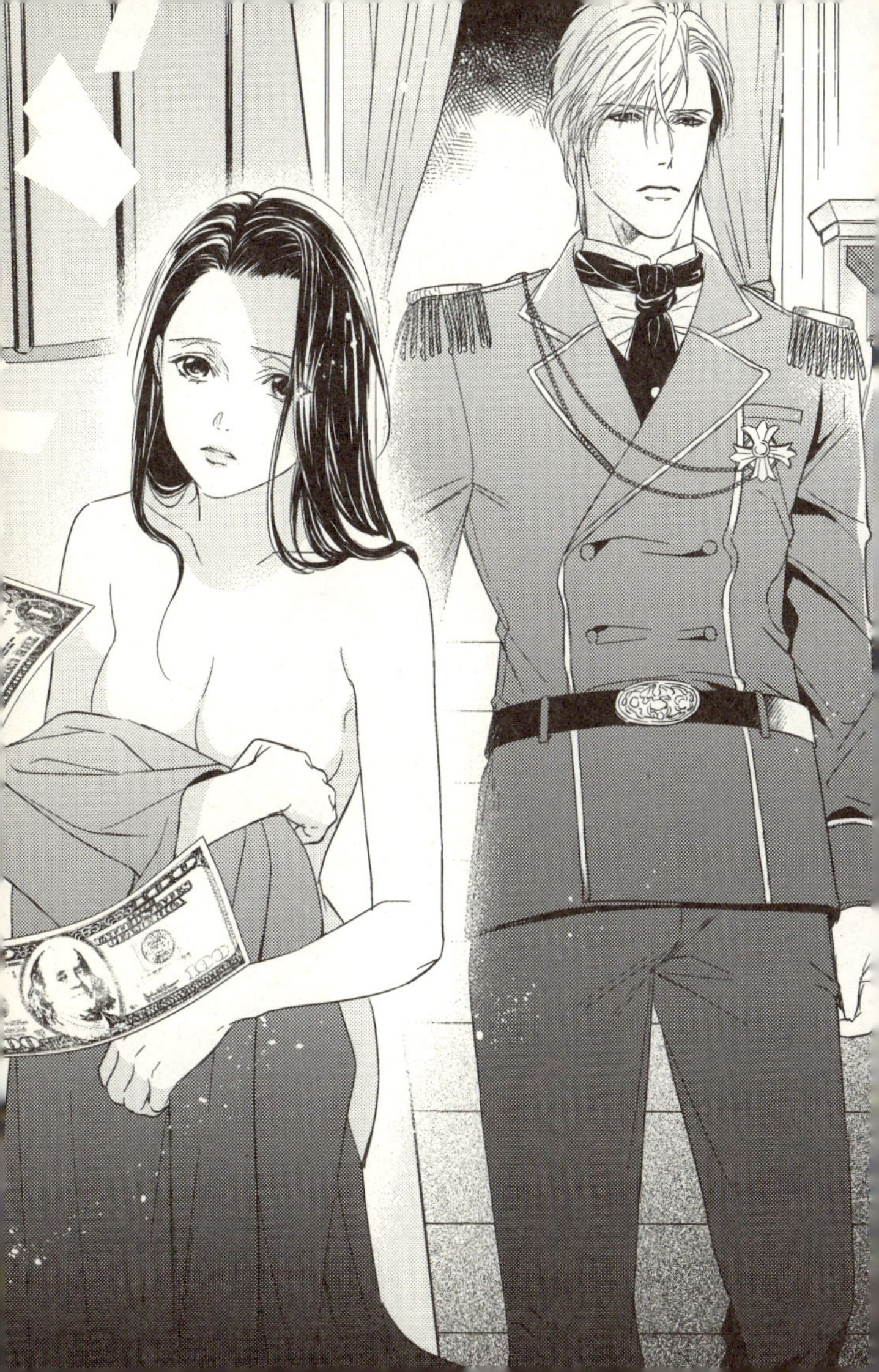

突然現れたマグナス皇帝の威光に、誰もが圧倒されていた。

もはやオークションの継続は不可能だった。マグナスの皇帝が望むものを、横から奪える者など大陸のどこにもいない。

ただ一人、当のアルファナだけが皇帝の寵愛を拒もうとしていた。

「嘘……でしょう……？」

震える声で、アルファナは彼に尋ねた。信じたくない。信じられなかった。

「あなたが……ジークヴァルト・カイザー……なの？」

乾いた声で尋ねるアルファナに、トールは――ジークヴァルトはこくりと小さく首肯した。

「だったら、どうして、スラムになんか……」

「わからない」

いつもの声で、彼はアルファナの質問に答える。もっとも、それは答えにはなっていなかったけれど。

「ただ、思い出した。自分が何者であるのか、だけは」

「本当に、あなたが、カイザーだって言うの？」

アルファナが念を押すと、『トール』ではないジークヴァルトは、もう一度頷いて言った。

「俺と来い。アルファナ」

差し伸べられた手は、確かにアルファナを救おうとしていたはずだった。が、アルファナにはもう、その手を取ることはできない。

彼はトールではない、ジークヴァルト・カイザーなのだと理解した瞬間、かつての淡い思慕は雲散し、激しい怒りの焔《ほのお》がアルファナの心を焼いた。

父を、母を、故郷を焼いたのは、マグナス兵だ。そしてそのマグナス兵の頂点に立つのは、間違いなくこの男なのだと理解すれば、アルファナが彼を許せる道理はない。

「触らないで！　裏切り者！」

差し伸べられた手を、アルファナは強く振り払い、その華奢な両腕で彼に摑みかかった。せっかく裸体を隠してくれていた外套が、床に落ちる。

「殺してやる！　忌むべき、ジークヴァルト・カイザー！」

「お、おい、小娘、何を……」

「構わぬ」

予想外のことに慌ててアルファナを止めようとする近衛兵を制して、ジークヴァルトは易々とアルファナを横抱きにした。息が詰まる寸前の強さで抱きかかえられ、アルファナは身動きが取れなくなる。

「下ろして！　離してよ、触らないで！」

ジークヴァルトの腕の中でいくら遮二無二《しゃにむに》暴れても、マグナティカとただの人間とでは、力の差は歴然だった。

こうしてアルファナは連れ去られた。行き先は、マグナス皇帝の居城、レムクール城だった。アルファナが、憎しみをこめて見上げ続けた、あの城だ。

4　蜜夜の後

「ん……」

眩い陽光に網膜を刺激され、アルファナは寝台の上で寝返りをうった。天窓から降り注ぐのは偽りの暁光《ぎょうこう》だ。

レムクール城はドーム状の屋根に覆われているため、陽光は差しこまない。代わりに、人工の太陽がきっちり時間通りに朝日や夕日を届ける。スラムでは浴せない恩恵だ。陽光が届くのは、貴族階級の暮らす特区だけで、林立する町並みの下層には恵みをもたらさない。皮肉なことにアルファナは、ジークヴァルトに捕らえられ、初めて陽光の恩恵に浴した。

「……ふ……っ」

小さく息を吐きながら、アルファナは寝台から身を起こした。

昨夜の痕跡《こんせき》は跡形もなく消されていたが、散々注がれた快楽の印は、躰の奥に燻《くすぶ》ったままだ。

アルファナは暫《しば》し寝台の上で、呼気を整えた。

壁にかけられたレトロな意匠の時計を見ると、ちょうど朝食が運ばれてくる頃だった。

通常の虜囚《りょしゅう》生活ではあり得ない、贅沢な食事が。

広い浴室でシャワーを浴びて、アルファナはやっと一息ついた。何もかもが、スラムで暮らしていた時とは比べ物にならない奢侈《しゃし》を極めた暮らしだが、アルファナにとってそれはなんの慰めにもならないどころか、ますます気鬱《きうつ》にさせられる。

(スラムのみんなは、ちゃんと食事できているだろうか)

寝台に腰掛けて、アルファナが思うのはスラムではぐれた仲間たちのことばかりだった。

(『故郷』って、どんな感じなんだろう)

アルファナが物心ついた時には、父王と母后はすでにマグナス連邦から追われる身であり、故郷は奪われていた。

アルファナの知る故郷アルカナは、母から聞かされた物語の中にしか存在しない。

曰く、アルカナはマグナス連邦の遙か東の海に浮かぶ島国で、一年中暖かく、花が咲き乱れるのだという。海は翡翠《ひすい》色に澄み渡り、大小色取り取りの魚が泳ぐ。極彩色の鳥が歌い、獣たちは山野を駆け巡る。そんな楽園の話だった。

今はマグナス連邦に侵略され、マグナス貴族たちの別荘地にされているという故郷に、アルファナは思いを馳せる。

夢の楽園の話を、アルファァナはただ一人の人に聞かせた。そのことをアルファァナは悔やんでいる。

アルファァナの語る夢物語に、あの美しく端然とした魔道人形は目を細めて微笑んだ。

『行ってみたいな』

甘美なその声は、確かに昨夜、アルファァナを嬲った男と同じ声だ。

アルファァナが好きだったのは、ぼんやりしていて頼りない、出来損ないの魔道人形だった。ただ美しく、上背が高いだけでちっとも役に立たない彼が好きだったのだ。だから、今の彼――『トール』ではない『ジークヴァルト』を、アルファァナはどうしても好きになれない。

無音で扉が開いた。見た目だけは重厚な木材を模して造られた扉は、外側からしか開かない自動扉だ。

この時間にやってくるのはジークヴァルトではないから、アルファァナの躰に緊張は走らない。

ジークヴァルトとは似ても似つかない彼は、むしろアルファァナのほうに似ていた。

「おはよう、お姫様」

「おはよう、裏切り者」

毎朝のように繰り返される皮肉を、今日もアルファァナは口にした。

食事を載せたトレイを手に、部屋を訪れたのはキリエだった。

アルファナと違い純血種ではないだろうが、混血の進む少数民族の中では、キリエのそれは民族の特徴を受け継いだ容姿といえる。女ならばさぞかし高値で売られただろうが、あいにく男にはそれほどの高値はつかない。

(ジークヴァルト以上に許せないのは、キリエだわ)

アジトの場所を密告し、フィーを人質にしてアルファナをオークションに売り飛ばした。レムクール城へ連れてこられてすぐに、アルファナはキリエと再会した。キリエは、ただの町医者などではなかった。

彼は歴とした魔導師であり、如何なる手段を用いたのか、まんまとカイザー付きの魔導官として城に入りこんでいた。

あの争乱で、なぜ自分の目が覚めなかったのか、今になればわかる。キリエが魔道を用いて、アルファナを眠らせていたのだろう。

とんだ獅子身中《しししんちゅう》の虫が交じっていたのだと、アルファナは怒りに血を滾らせる。

アルファナの不興を読み取ったように、キリエはトレイをテーブルに置き、言った。

「仕方ないじゃないか。きみをあそこで死なせるわけには、いかなかった」

「詭弁《きべん》だわ」

何度も繰り返される彼の言い訳に、アルファナは耳を貸さなかった。

(フィーは、無事なのかしら)

小さなフィーは、アルファナの妹のような存在だ。家族のいないアルファナにとって、同胞こそが家族だった。その家族を売り飛ばそうとしたキリエの裏切りを、許せるはずがない。

自分を売ってキリエが稼いだマージンは、一体如何ほどか。それを考えるだけで、アルファナはまたはらわたが煮えくり返る。

キリエは、カイザーであるジークヴァルトから、アルファナの監視と健康管理を仰せつかっているようだった。横を向いたまま食事に手をつけないアルファナに、キリエは軽い口調で告げた。

「きみだって裏切り者じゃないか。あんなに嫌がっていたくせに、今じゃ敵国のカイザーの寵姫だ」

ガシャン、と食器が派手な音をたてて宙を舞った。アルファナが食器を床に払い落とした音だった。

キリエは取ってつけたように謝罪した。

「ごめん。この手の冗談は、きみには通じないんだっけ」

「わかっていて、わざと言っているでしょう」

冷たく言い捨てて、アルファナは鏡のように磨かれた床に散らばった食べ物を拾い集め、皿に戻した。

合成肉でも合成パンでもない、有機物を用いた本物の食べ物なんて、スラムでは見たこともなかった。

アルファナがそれを口に運ぼうとするのを、キリエが慌てて止める。

「床に落ちた物なんか食べちゃ駄目だよ。今、新しい食事を持ってくるから」

「食べ物を無駄にするくらいなら、これを食べたほうがマシよ」

「お姫様のくせに」

「関係ないわ」

「あのね、アルファナ。いくらきみが食べ物を大事にしても、それがスラムの同胞たちに届くわけじゃ……ああ、届くんだっけ、きみの『活躍』のお陰で」

また皮肉を言われて、アルファナは食器をキリエに向かって投げつける。キリエは俊《しゅん》敏《びん》な動作でそれをよけた。

美しい水の色をした陶器は、砕けることもなく床に転がった。

ここへ連れてこられて間もない頃。アルファナは、一切の飲食を拒んだ。敵の手から貰う食べ物なんておぞましいだけだったし、逃げられる見こみがないのなら、ここで矜持を貫いて死んでもよかった。

だが、経口での飲食を拒んでも、ヒトを生かす方法はいくらでもある。気化した養分を室内の空気中から摂取させることだって、マグナスの魔道なら可能だ。

それならば、とアルファナは無駄なハンガーストライキをやめ、自分自身を交換条件にした。


『スラムで暮らしている貧しい人たちに、これと同じ食料を配ってあげて。朝と昼と晩の三回、スラムのゲートに置いてくれればいい。そしたら、わたしも同じものを食べるわ』


キリエが皮肉っているのは、まさにそのことだった。

「まったくきみは、お姫様の鑑《かがみ》だね。人望厚く、下々に慕われるわけだ」

無視してアルファナは、黙々とパンを口に運んだ。

ほぼ無菌に近い状態に保たれているこの部屋で、床に落ちた食べ物を口にするリスクなんて、アルファナには感じられなかった。姫とはいえ、生まれはスラムだ。そのことはむしろ、アルファナの誇りだった。

キリエはそんなアルファナの心をわざと逆撫でする。

「だけどきみの優しさは、誰も救わなかったね」

知っているわ、とアルファナは心で答えた。アルファナを追い詰めるように、キリエが顔を近づけて続けた。

「フィーを助けたのは僕だ」

アルファナの身柄と引き替えに、フィーを仲間のもとへ返す手筈を整えたのもキリエだ。しかしアルファナには、本当にキリエが約束を守ったかどうかを確かめるすべがない。二度も裏切ったキリエを、信用できるはずもなかった。

キリエの交渉に応じてフィーを仲間のもとへ返したのは、ジークヴァルトだ。アルファナを我がものにできるのなら、ジークヴァルトにとってそれは容易すぎる条件だっただろう。マグナスの皇帝はいささか過剰なほど、アルファナを愛している。

砂を嚙むような気分で食事を終えると、次は診察の時間だ。

アルファナの疑問は尽きない。なぜ、よりにもよってこの男が担当医なのか。他にいくらでも、無難な人選があるはずなのに、と。

(この男は、一体何者なの?)

脈を取られながら、アルファナは訝《いぶか》しんだ。町医者としてのキリエは、凡庸ではあったが親切な医者としてスラムの住民たちに慕われていた。

純血ではないにせよ、アルカナの血脈に列なる者を、アルカナ人たちは決して冷遇はしない。

だが、キリエはその信頼を裏切った。アルカナ復興のためには、王族の末裔《まつえい》であるアルファナの存在は不可欠だ。

それを、あろうことか最悪の敵に売り飛ばした。今やキリエの名はアルカナのスラム界隈《かいわい》で、売国奴《ばいこくど》の代名詞となっているだろう。

そんなことは露ほども気にしていないのか、キリエの表情はいつも穏やかだった。寝台に座らせたアルカナの腕を取り、キリエが告げた。

「今日は少し血を抜くよ」

アルファナは病んでいないから、治療は必要ない。キリエがジークヴァルトに命じられているのは、アルファナの健康管理だけではない。『検査』もだ。

(検査って、一体なんのための……？)

尋ねても教えてはもらえない疑問を、アルファナは今日も心の中で呟いた。鮮紅色の血が、透明な筒の中へ吸いこまれていくのをアルファナはじっと見つめた。

意を決してアルファナは尋ねた。

「……わたしは、妊娠してない？」

「してないね。それだけは保証する」

キリエは目を伏せ、即答した。

確信に満ちた声は、希望通りの返答であったはずなのに、なぜだかアルファナを不安にさせる。

診察のための道具を鞄に詰めこみ、キリエはおもむろに話し始めた。

「いい話を聞かせてあげよう。まだカイザーと枢密院の連中しか知らない、マグナス連邦第一級の機密だ」

勿体《もったい》ぶった言い方は、アルファァナの興味を目減りさせたが、次の瞬間覆された。

「カイザーには、生殖能力がない」

「な……」

アルファァナの、琥珀の瞳が見開かれる。

少し考えて、アルファァナはすぐに反論した。

「嘘よ。そんな『欠陥品』が、カイザーになれるはずがないわ」

安物のマグナティカでさえ、生殖能力はあるのだ。

いわんやスリーSランクのマグナティカ、唯一にして絶対のカイザーに生殖能力がないなど、あり得ない。

アルファァナがそう言うと、キリエは肩を竦《すく》め微笑んだ。

「だから、言っただろ。第一級の機密だって」

アルファァナは呆然とした。が、考えてみればアルファァナにさえ、思い当たる節《ふし》はあるのだ。

ジークヴァルト・カイザーは、すでに三百有余年を生きているはずだ。

なのに、彼には子供が、後継者がいない。

マグナス王は後宮に、何千人もの寵姫を囲うのが慣わしだ。

それは王としての義務でもあった。

何千人もの女たちが、誰も妊娠していないのだとしたら、確かにおかしい。

マグナスの王は何人もの寵姫に、自分の写し身であるクローンを生ませるのが通例のはずだった。

キリエが、アルファナの疑問を確信へと変えていく。

「実験は何度もしたんだよ。今のカイザー、ジークヴァルトはすでに三百有余年を生きている。最上級のマグナティカは超長命だから、誰も後継者問題について気にしなかったんだろうけど、先帝は六百二十年で没した。カイザーは、超長命であるだけで、不死ではない」

「先帝は、なぜ死んだの？」

胸が、不穏に高鳴る。ジークヴァルトが死ぬなんて、アルファナは考えたことがなかった。

ただのマグナティカだと信じていた頃は考えないでもなかったが、彼の正体を知って以降、その心配だけはしないで済んだのだ。

（心配……なわけじゃないわ。ただ、気になっただけで……）

頭の中でアルファナは言い訳した。もちろん、キリエには聞こえていないだろう。キリエが続けた。

「先帝の死因について、伝承では天空より飛来した龍の牙に刺し貫かれて死んだなんて言われているけれど。当然、嘘だろうね。神話の領域だ。本当の死因は枢密院の、あの見た目だけは若い長老たちだって知らないはずだよ。究極のアンタッチャブルってことなんだろうね」

「…………」

キリエの答えは、ジークヴァルトの命運が尽きることに対するアルファナの不安を拭わなかった。

(龍の牙……それは、もしかして、あの槍のことではないの？)

カルヴァンが手に入れた、対マグナティカ用の槍。あれは実際に、マグナティカの魔道強化された皮膚を貫くことができた。もしも先帝の死因が槍によるものだとしたら、辻褄《つじつま》はあう。

(だけど、先だっての急襲では、カルヴァンの槍は役に立たなかったってことよね？)

以前、囚人としてマグナスを追放されたマグナティカを相手に試し斬りをした時は確かに槍はマグナティカを貫いたとカルヴァンは言っていたが、あの人数が相手では役には立たなかったのか。或いは別の理由か。

いずれにせよ、槍の真偽は不明のままだ。つまり、カイザーを殺せる、という可能性は残されている。

アルファナは自力で胸を覆う暗雲を掻き消す。ジークヴァルトは敵なのだ、と自分に言い聞かせることで。

(お父様とお母様を殺したのは、マグナス兵だった)

どういういきさつで記憶を失い、スラムに流れ着いたのかは知らないが、それ以前もそれ以降も、ジークヴァルトはこの世界を治める最高権力者だったのだ。アルカナ人に対する弾圧について、責任がないはずがない。

一拍間をあけて、キリエが両手を上に向け、言った。

「ともあれ、きみは国母にされてしまう心配はしなくてもいい」

「……生殖能力がないのは、カイザーだけ?」

アルファナの、凛《りん》と輝く琥珀の瞳がキリエを映す。

アルファナに比べれば茶色に近い、キリエの双眸《そうぼう》は笑っていなかった。おもむろに彼は肩を竦めた。

「やっぱり、気づいちゃった?」

「誰だって気づくわ」

もう誰もが、気づいている。

マグナスに、子供が生まれなくなっていることに。

異変が白日のもとに晒され始めたのは、ここ数年のことだ。

体内で受精卵を培養することも、魔道試験管で胎児を育てることもできるマグナティカたちの繁殖率が、異様な急降下を見せた。

着床しても、胎児は原因不明の病で死ぬ。よしんば生まれてきても、マグナティカ同士の子は一年も生きない。

それに比して、魔道による改造を受けていない人間の繁殖率には異常も異変もない。ただの人間同士なら、変わらず繁殖できる。それが、魔道による改造を受けたマグナティカ同士、或いは雌雄のどちらかがマグナティカであった場合、繁殖できる確率が急激に下がるのだ。噂では、マグナティカが生殖に介在した場合の生殖率はゼロ、つまり『不可能』になったとも言われていた。

キリエが、眼鏡の縁に指を当てた。

「ご明察。生殖能力を失いつつあるのは、マグナス皇帝だけじゃない。最高級スリーSランクから汎用Fランクのマグナティカまで、すべて繁殖できなくなりつつある」

セックスだけは変わらずにできるのにねと、キリエは可笑しそうに付け加えた。

「だけど、唯一の例外がある。人間の中で、ある特定の人種《レイス》だけが、マグナティカの精子を受胎できることがわかった」

アルファナの胸が、不穏に高鳴る。ここ数年、『アルカナ狩り』は激しさを増す一方だった。

そして、あの異様なオークション。いくら稀少な姫君とはいえ、あの高騰は異常だったとアルファナも思う。

予感は的中した。キリエは、嬉しそうに笑って言った。

「僕たちアルカナ人だけが、マグナティカとの間に子をなす可能性を残しているんだ。それどころか、アルカナ人の体液にはマグナティカの魔道因子の損傷を回復させる、治癒機能まである。素晴らしいだろう？　ますます僕たちの価値が上がる」

ふざけるな、と叫びそうになるのを堪え、アルファナは質問を続けた。

「待って。あなたはさっき、国母になる心配だけはないってわたしに言ったわよね。矛盾しているわ」

「してないよ」

ひらりと手を振ってキリエが否定し、そして、断言する。

「カイザーが、きみを孕ませることはない」

「なぜ」

「そういう呪いがかけられているのさ」

医師のくせに呪いだなんて非科学的なことを言うのは、まともに話す気がない証だろうとアルファナは顔を背けた。今の気持ちを、アルファナはどう言語化していいのか、わからない。

（ヒトが、滅びへと向かうわけではないはず――）

マグナティカが滅びるだけで、人間は従来通り、繁殖できる。アルカナの伝承が、そのまま具現化するのだ。

神の意志に反した不自然な生命体は滅び、古来からの人間だけが生き残る。アルカナ教の信徒なら、滂沱《ぼうだ》して喜ぶべきことだ。

なのに、アルファナの心はなぜか晴れない。

（いい気味だって、思うべきなのに）

ジークヴァルトの寿命は、あと何年残っているのか。

スリーSランクマグナティカなのだから、魔道医師による修復さえ怠《おこた》らなければ、半永久的に生きられるはずだ。少なくとも理論上はそのはずだ。アルファナが死んだ後も、彼は生き続ける。

子をなすこともなく、徐々に滅んでいくマグナティカたちの頂点に君臨する、孤独な王として。

アルファナはその光景を脳裏に浮かべた。虐《しいた》げられてきた人間は、マグナス皇帝の君臨を許さないだろう。

人間は、神殺しにも等しい皇帝殺しを、果たして成し得るだろうか。あの槍が、かの皇帝の胸を貫く日は来るのだろうか。

それはアルカナ民族の生き残りであるアルファナにとっての悲願でもある。

マグナスの王を弑《しい》し、故郷を取り戻す。

圧倒的多数となった人間に追われて、孤独なカイザーは何処へ行くのだろう。

アルファナは想像する。カイザーは、人間が束になっても、容易く殺せる相手ではない。

この広い世界で、彼は彷徨《さまよ》い続けるのだろうか。

治癒されることもなく、人の手にも目にも触れることなく、たった一人で朽ちるまで。

突然、アルファナの胸に鋭い痛みが走る。目の奥が熱くなり、何かが溢れそうになるのをすんでのところで堪える。

(寂しいなんて感情が、マグナティカにあるはずがない)

たった今、自分の脳のシナプスが生み出した感情を、彼が具備しているはずがないとアルファナは自分を否定した。

それならなぜ、彼はあれほど執拗に自分を求めてくるのかという矛盾は、噛み殺した。

5　罪の褥、囚われの寵姫

白亜の城を背景に、濃い緑が揺れる。

水も土も植物も、すべてが管理されたこの世界で、レムクール城だけが自然の造物に満ちていた。

今やこの世界では草木一本、自生することはできない。花一輪に至るまで、枢密院に管理されている。

いびつな楽園の深淵で、アルファナは水を浴びていた。溢れ出る水流が、人工の光に照らされ、虹を作る。アルファナの知らない神に仕えるのであろう女神像が、壷を抱え、傾けている。水はそこから流れ落ちていた。庭園は、焼き尽くされたはずの先史時代の遺跡だ。

スラムで水を浴びるのは、最高の贅沢だった。

水は、アルファナの頭を適度に冷やしてくれる。靄《かすみ》がかかったような思考を明晰《めいせき》にもしてくれた。

（マグナスの『歴史』には、二人の王しかいない）

一人は初代皇帝、レムクール一世。皇歴六二〇年に、謎の死を遂げたという、マグナス初の皇帝だ。

彼こそがマグナスの先史を焼き尽くした張本人であり、その死後に即位したのがジークヴァルトだった。

ジークヴァルトの治世は、すでに三百年を超えている。彼の実年齢について考えると、アルファナは過去の自分が愚かに思えて仕方がない。

（バカみたいだったわよね。何も知らない、純真な魔道人形だなんて信じて）

「アルファナ」

服を着たまま水を浴びるアルファナに、木陰から声をかける者がいた。アルファナは振り向かない。

「どうせなら、服を脱いで浴びればいいのに。ここにはカイザーしか出入りしないだろう」

「あなたがいるじゃない」

キリエとは目も合わせずに、アルファナは水から上がった。長い黒髪から、水滴が落ちる。

ずぶ濡れだが、レムクール城は全域が魔道によって空調管理されているから、暑くも寒くもない。自分が生きているのか死んでいるのかも曖昧になるほどの快適さだった。

「アルカナ人は水浴びが好きだよね。僕はあんまり好きじゃないけど、混血だからかな」

「水浴びが嫌いな人間のほうが珍しいでしょう。水は貴重なんだから」

当たり前のことをアルファナは答えた。スラムでは飲用や水浴びに使える水は、無料では手に入らなかった。

キリエは、朽ちかけて腰の高さにまで削られた石塀に腰を下ろし、言った。

「いよいよ反政府勢力への総攻撃が始まる。今時反体制なんて旗印を掲げているのは、アルカナ人だけだからね。事実上、アルカナ民族殲滅戦《せんめつせん》だ。まあ、女は殺されずに売り飛ばされるだろうけど。繁殖用にね」

「………」

アルファナはじっと押し黙る。囚われの身でそれを聞くのはつらかった。一体、自分に何ができるだろうかと。

そんなアルファナの内心を読んだかのように、キリエが告げる。

「きみが助けてやればいい。その優しい心と魅力的な肢体があれば、カイザーだって思いのままに操れるだろう？　きみは今、この世界で最強の女性だ」

「ふざけないで」

言下にアルファナは否定したが、どうやらキリエは本気らしい。相変わらず、動機も腹の底も何も見えない笑顔で言うのだった。

緑の葉が一枚、魔道によって生み出されたそよ風に毟られ、舞い落ちる。

風に舞う葉の数までもが、ここでは管理され、予め決められている。永遠に枯れることない緑が、眩しく光る。

「フィーも殺されるかな」

フィーの名前を出された途端、アルファナの細い肩が濡れたまま揺れる。キリエは、空を見上げた。眼鏡を透過して、瞳に偽りの青を映す。

「いや、殺されないか。あの子はアルカナの血が濃い。捕まってもすぐに高値で売られて、何人も子を産まされ……」

「フィーはまだ十一歳なのよ！　生殖なんて無理だわ！」

反射的に、アルカナは叫んでしまっていた。

可愛い妹のようだったフィーがそのような目に遭わされることなど、考えるのもおぞましく、耐えられなかったからだ。

それを待っていたかのように、キリエが続けた。

「そうかな。成長促進剤を投与すれば可能だよ」

アルファナは右手を振り上げ、キリエの頬を叩いた。

キリエは、よけない。わざと叩かれたようだった。眼鏡が顔から飛んで、土の上に落ちる。

「アルカナにだって兵はいる。わたしの従兄弟のカルヴァンが率いる兵たちは、容易く負けたりしない！」

「ああ、きみの婚約者だったカルヴァンね。確かに彼はいい兵士だ」

キリエは悠々と眼鏡を拾い上げ、かけ直す。この男は、アルファナの心を抉《えぐ》る言葉を発するのに長けていた。恐らくはアルファナが相手の時だけでなく、人の心を抉ることそのものが得意中の得意なのだろう。

「ここから、逃げ出したい？」

顔に貼りついたような笑顔でキリエが尋ねる。当たり前だ、とアルファナは彼を睨みつける。

「カイザーから逃げたいのなら、他の誰かに売ってあげてもいいよ。アルカナ最後の姫君を抱くためなら、不忠なんて気にも留めない男はいくらでもいる。特に枢密院あたりにはね」

「そんな生き方、続けられるわけないじゃない。あなた、おかしいわ」

キリエの提案は、あまりにも荒唐無稽《こうとうむけい》だった。いくら枢密院のお偉方でも、あのジークヴァルトの追及から逃げおおせられるとはアルファナには思えない。ジークヴァルトの、アルファナへの執心は尋常ではないのだ。

そう言い募るとキリエは、また空を見上げた。

「そんなことないよ。巨万の富を得たら、他の大陸を探して、そこへ行くことだってできる」

「マグナスの他に、人が暮らせる大陸はないはずよ」

アルファァナが指摘すると、キリエは視線をアルファァナに戻し、自らの胸に手を当てて笑った。

「僕はヒトじゃない。マグナティカなら、過酷な環境でも暮らせるさ」

「あなた、マグナティカだったの？」

アルファァナは驚き、目を見開く。キリエのように、アルカナ人の特性を受け継ぐ者が、マグナティカ化するのは珍しい。アルカナ教の戒律もあるし、何よりアルカナ人は貧しいから、魔道改造が受けられないのが常だ。

アルファァナが見せた一瞬の隙を、キリエはついた。不意にキリエの顔が近づいてきたことに、アルファァナはぎょっとする。腰を掴まれ、引き寄せられて、突き飛ばそうとしたが遅かった。

「何するのよ！」

自分の唇に、キリエの唇がかすめたことにアルファァナは怒った。当然だった。アルファァナはキリエのことが大嫌いだ。キスされる理由などないだろう、と言外に告げる。

アルファァナに突き飛ばされたキリエは、可笑しそうに肩を揺すって笑った。その指の指し示した先にあるものを見つけ、アルファナは青ざめる。

（トール……じゃなくて、ジークヴァルト……⁉　いつから、そこに……）

太い木の幹にジークヴァルトが凭れているのを見つけ、アルファナは二、三歩、後ずさる。

気配は、まるで感じ取れなかった。ジークヴァルトが本気になれば、気配を消すことなど造作もないのだろう。

キリエに嵌《は》められたのだと気づいて、アルファナは慌ててジークヴァルトに説明しようとする。

「い、今のは……」

ざく、と土と草を踏み、ジークヴァルトがアルファナに近づく。逃げるいとまはなかったし、逃げる場所もない。足の裏が地面に貼りついて、そのまま凍りついてしまったかのようだ。

「きゃ……⁉」

いきなり横抱きにされて、アルファナは風呂に入れられた猫のように暴れる。

「何するのよ！」

「来い」

ジークヴァルトがそう言って目で合図した相手は、キリエだった。ジークヴァルトに抱かれたまま、アルファナは息を呑む。嫌な予感しかしなかった。

「どうしてキリエを連れて行くの⁉」

「さあ」

と言って、両手を上に向けたのはキリエだ。

彼は明らかに、状況を愉しんでいる。

ジークヴァルトは何も言わない。

「いい機会だろう。きみの同胞を助けてあげれば？」

「……ッ……！」

悔しさに歯噛みしても、アルファナの運命は変わらない。運ばれて行く先は、寝室だった。


柔らかな寝台に投げ出され、アルファナはすぐに上体を起こし、気丈な視線をジークヴァルトとキリエに向ける。キリエは、別段遠慮する様子もなく、少し離れて壁に凭れ、アルファナを見ている。

「そ……総攻撃を……やめさせて」

自分にのし掛かってくるジークヴァルトに、アルファァナは切れ切れに頼んだ。ジークヴァルトの表情に変化はない。が、アルファァナが頼めば、彼はいつだって淡々と応えてはくれる。

「おまえがそう望むなら」

冷たい口づけを、アルファァナは甘受した。今日は歯を食いしばることもしない。わかっている。状況は何も変わらないし、何もよくはならないのだ。けれども今は、アルファァナにはこうするしかない。

まるで恋人にするように優しく服を脱がされながらも、アルファァナの肩は屈辱に震える。けれども同胞は、さらに酷い屈辱を受けているのだ。そう思えば、耐えられた。

「何を見ているの。キリエ、席を外しなさい！」

八つ当たり気味にアルファァナはキリエを睨む。

すると、ジークヴァルトがそれを制した。

「そこで見ていろ」

「な……」

ジークヴァルトの下で、アルファァナが顔色を変える。

まさか、キリエに見せるつもりなのか。そのためにキリエをわざわざ連れてきたのか、と。

「ど、どうして……嫌っ、出て行って……！」

「二度と、私のアルファナに触れるな」

ジークヴァルトがそう念を押した相手は、キリエだった。

どうかしている、とアルファナは呆れた。

自分とキリエとの間には、何もない。あるとしたら、憎しみだけだ。ジークヴァルトとの間以上に、何もないのだとアルファナは言い募る。

「触れてなんかいないわよ！　あれは、キリエがいきなり……ひぁっ⁉」

ぐい、と足を開かされ、下着が剝《は》ぎ取られる。

同時に上半身もはだけさせられ、アルファナは着せられている服の意匠を恨む。後宮の美姫に与えられる服など、ただ高価なだけの薄絹だ。身を守る機能など皆無だ。

「やめ、てっ……！　見な、ぃで……ッ」

大きな乳房が、呼吸するたびに揺れる。

ジークヴァルトにはもう何度も見られているが、キリエにまで見られるのはアルファナには耐え難い。

胸を覆おうとするアルファナの両手を、ジークヴァルトが摑んで引き離す。

「あ……ッ」

ただならぬ気配を感じて、アルファナは下を見た。見覚えのある、おぞましい『器官』

が、寝台の下から蝟集を始めていた。ジークヴァルトが自身の魔道で操る、忠実なしもべだ。

部屋の入り口に立ったままだったキリエが、ゆっくりと移動し、椅子に腰掛けて言った。

「魔道姦か。カイザーはえげつないな」

揶揄するような口調にも、ジークヴァルトは反応を見せない。全身を紅く染め、反応を示しているのは常にアルファァナだけだ。

冷たい王の熱情を、キリエが煽《あお》る。

「知ってるよね。アルファァナが男たちにとても愛されていたってこと。なんといってもアルファァナは最後のお姫様だし、勇敢だし、優しい。婚約者のカルヴァンは、ジークヴァルト……いや、トールを、毛嫌いしていたっけ」

「やめて！」

アルファァナが叫んでも、キリエはやめない。

「顔だって可愛いし、そんなにいやらしい躰だし、ね？」

「ひぅっ……！」

嫉妬を煽られたジークヴァルトに、きりっ、と強めに乳首をつままれ、アルファァナは身悶えた。

（余計なことを、ジークヴァルトに聞かせないで……！）

よりにもよって《嫉妬》などという馬鹿馬鹿しい感情を、この皇帝は持ち合わせているのだ。

他の感情は諸々《もろもろ》欠落しているくせに、そういうところだけは妙に人間くさい。

「あ……嫌っ……ア、んぅっ……！」

アルファナの息が上がる。

左の乳首の表面を、すりすりと指の腹で撫でられて、薄い皮膚の中で可愛らしい芽が息吹く。押し出された乳首が恥ずかしげに震える。

勃起させられた乳首を指でしごかれて、アルファナの膝がびくっ、びくっ、と呼応して跳ねた。

「ははっ、乳首、勃起させられちゃったね。片方だけ？」

キリエの煽り文句に反応したかのように、ジークヴァルトは左側にも唇を寄せた。

「んぅぅっ……！」

左は、舌で抉られた後に強く吸い出され、形のいい前歯で銜えられた。アルファナの髪がぱさぱさと揺れる。

「私のものだ」

愛撫の合間に、ジークヴァルトが囁く。

「私の、妻にする」

「受精させられないのに？」

混ぜっ返すようにキリエが言う。

「おまえは死ぬまで孤独な魔道人形だよ、カイザー」

キリエが、なぜこれほどまでに無礼な口をジークヴァルトにきくのか。

ジークヴァルトはなぜそれを受け容れているのか。

アルファナには不可解だったが、その疑問を吹き飛ばすようなことを言ったのはジークヴァルトのほうだった。

「十万回分の一の確率で、孕むと言ったな？」

「え……嘘……」

何を言っているのかと、アルファナは二人の男を交互に見遣る。

（カイザーには……ジークヴァルトには生殖能力がないって、さっきキリエが言ったのに……！）

アルファナは孕まないと言ったのは、キリエだ。キリエはアルファナを無視して、ジークヴァルトの問いにだけ答えた。

「言ったけど。十万回ぶっ続けでやったら、アルファナは死んじゃうよ。この娘は人間だもの」

つまらなそうに、キリエが椅子に凭れる。

「自然の人間は、一生涯で十万回もセックスしないからね」

キリエの言葉に、ジークヴァルトの表情が少しだけ変わったのを、アルファナは間近で見て取った。


自然の人間。


彼はその表現に、反応したようだった。ジークヴァルトが、かすかに苛立《いらだ》っているのがアルファナにはわかる。

「愛している」

突然言われて、アルファナの肩がびくりと竦む。愛を囁かれるのは、初めてではない。もう何度も、それこそ飽きるくらい囁かれている。それでもアルファナはその『告白』に慣れない。

「愛している、アルファナ」

「き、嫌い……大、嫌いっ……！」

自分に言い聞かせるように、アルファナが反駁《はんばく》する。実際それは彼に聞かせるための言葉ではなく、自分自身に言い聞かせている言葉だった。

悪い魔法のように、キリエが言葉をかぶせる。

「可哀想なカイザー。後宮の美姫たちが泣いているよ。ただの一度も、カイザーの寵愛を受けられなくて。アルファナに捧げる愛の百分の一でも、彼女たちに分けてあげればいいのに」

そんなのは知ったことではないと、アルファナは叫びたかった。

ジークヴァルトがアルファナしか抱かないのは、彼女自身のせいではない。自分は何度も拒絶したのだと、アルファナは言いたい。

けれども、もしジークヴァルトが心変わりをしたら。

カイザーという立場に相応しく、後宮の美姫たちを抱いたとしたら。

その時、自分がどうなってしまうのか。どんな気持ちになるのか、アルファナ自身にだってわからないのだ。

「素直になるお薬、注射してあげたら？　僕の謹製《きんせい》だ。人間での臨床実験《りんしょうじっけん》は済んでいるよ」

キリエの嬲り言葉に、なぜジークヴァルトはここまで素直に従うのか。理解できぬまま事は進んでいく。

「あ、あぁ……ッ」

先刻、寝台の下から這い出した触手が、アルファナの肢体に絡みつく。カイザーの意のままに蠢くそれの先には、極細の針が光っていた。

「う、ぅ、ぁ……」

恐怖と、それに相反する熱に、アルファナは浮かされる。荒い呼気に合わせて上下する乳房の丸みが、触手によって軽く搾り上げられる。張りと弾力に満ちたそれが、素晴らしい艶を放つ。

「ひ……ッ……」

尖らせられた両方の乳首の先に、つぷ……と針が刺さった。軽い痛みだが、心理的な衝撃は計り知れない。

「や、やめ、てっ、やめてぇえっ……！」

次にされることも、アルファナには予測できる。これは、初めての行為ではないからだ。だからこそ、その効果に怯える。

両足の太ももの裏に、ジークヴァルトの手がかかる。隠しようもない秘部に、触手が集まり始める。

くぱ……と拡げられた、花弁の内側は、すでに蜜を溢れさせていた。

「ひ……く……ッ」

襲い来る刺激に耐えようと、アルファナは身を捩る。

彼女自身のぬめりを借りて、蜜孔の中に触手が二本、潜りこんでくる。胎内を軽くつつかれて、「あっ……！」と声が出る。

体外の外性器にも、それは密集している。

つぷ……つぷ……と紅い花弁の至る所を微細な針で刺され、アルファナのそこがヒクつく。後孔と蜜孔の繋ぎ目に刺された刹那には、ひときわ高い声が漏れた。

「きゃぅぅっ！」

思わず、可愛らしい悲鳴が上がる。

陰核の先端に、極細の針が刺さったのがとどめのようだった。

「あ、ンぅっ……」

あと少しで達する、という寸前で針責めを止められ、深く唇を重ねられた。甘く激しい口づけを受けながら、アルファナは涙を滲ませる。

（わたし……どうなるの……）

キリエの視線が、二人の肢体に絡みつくようだった。

「あ、ァ……」

なめらかな絹のシーツに、アルファナの背中が押しつけられる。

ジークヴァルトの胸板が、藻掻くアルファナの乳房に密着した。

下肢では触手たちが、カイザーのために蠢いている。

かたくなでありながら、相反して淫らな花弁を、左右から伸びる触手が開かせる。

「う、ぅ、あぁぁ……ッ！」

ぬぐりと強く押しこまれたものの大きさに、アルファナは身悶えた。

情交はすでに何度も繰り返されているのに、この行為にはいつまでも慣れることができない。

アルファナの蜜孔は処女のように中の媚肉を窄め、雄蘂の侵入を阻もうとする。むしろそのほうが、犯す側の快感を増幅させてしまうだなんて、アルファナは知らなかった。

「あぁっ……突か、な、ぃでぇっ……！」

一旦根元まで収められたそれを引き抜かれ、また強く押しこまれて、アルファナは無意識にジークヴァルトの背中に腕を回し、喘いでいた。下腹の奥が、ずくんと疼くのがわかった。

それは初めてジークヴァルトに抱かれた時から続いている感覚で、アルファナ自身にはどうしようもできない、切ない反応だった。

「あぅっ、ン、ぁあっ……！」

散々触手に嬲られて、アルファナの躰はすっかり出来上がっていた。

それも、普通のセックスではない。一番大切な器官の中まで、カイザーには知り尽くされている。

「きゃ、あンぅっ！」

アルファナらしくもない、甘ったるい声が漏れた。ジークヴァルトに貫かれている柔肉の中に、また触手が潜りこんできたのだ。

ジークヴァルトの太いもので突き上げられている媚肉の中を、人肌より少しだけ弾力に富んだ触手が縦横無尽に探り尽くす。

自在に形を変える触手は、適度な硬さの粒を作り、アルファナの中を優しくこすり上げた。

「ふあぁっ！」

アルファナの太ももが、ジークヴァルトの逞しい胴をぎゅっと締めつける。

と同時に、太いもので目一杯拡げられているアルファナの花弁から、新たな蜜が飛び散った。アルファナ自身が滲ませた蜜にまみれる陰茎が、紅い蜜花をさらに紅く染めさせ、出し入れされる。

アルファナの淫孔を犯すのはジークヴァルト自身だけではない。

彼の操る触手も、快楽の蜜に浴している。その光景を間近にして、キリエが楽しそうに嗤っている。

「すごいな。こんなポルノ、退廃芸術に浸っている貴族たちだって見たことないと思うよ」

「い、やっ、嫌、あぁっ……！　これ、いやっ、変、に、な、ちゃ……あ、ゥ、あぁぁんッ！」

ジークヴァルトの切っ先は、アルファナの子宮頸部《しきゅうけいぶ》にまで届いている。その手前の、アルファナ自身が自覚していなかった快楽の部分を、微細な触手たちによってまさぐられ、アルファナの理性は跡形もなく溶けそうだった。

「アルファナのここは、気持ちよさそうに蠢いている」

指摘され、アルファナは最後の理性で顔を背ける。

痛みや苦痛を感じていないことは、ジークヴァルトには知られているのだろう。

実際、アルファナが闘っている相手は痛みではない。

痛みより甘美で、屈辱的なものだ。

(わたし、また……堕ちてしまう——)

陥落の予感に、アルファナは総身を震わせた。

間断のない愛撫と陵辱は、まだ続いている。カイザーのもので疼く肉孔をたっぷりと掻き回され、外陰部の尖りを指の腹でぬるぬると弄られながら、アルファナは理性を手放した。

「あァ、ひ、アァァッ……!」

背筋が反らされ、突き上げられた大きな乳房にも、触手が絡みつく。

アルファナの蜜肉は、絶頂の瞬間、ねだるようにジークヴァルトのものを締めつけた。

それに応じるように、彼も射精する。アルファナのそこは彼女自身の意思をまるで無視して、随喜に震えながらそれを呑みこむ。きつく閉じられたアルファナの睫毛に、涙が滲んだ。

（わたしは、アルカナ王朝最後の王族なのに――――）

憎むべき敵の王を、正体も知らずに愛した挙げ句、こうして子種まで注がれてしまっている。あってはならぬことだと、自分を戒めれば戒めるほど、アルファナはジークヴァルトに惹かれてしまっていた。

（トールの……ジークヴァルトのせいで――――）

いっそ殺してくれれば、終わる。

もう愛さなくて済む。

同胞に対する裏切りにしかなり得ない愛を続ける強さが自分にはないことを、アルファナは自覚していた。

もしも自分が、ジークヴァルトの子を孕んだとしたら。

それは、裏切りの結実だ。生まれながらにして、アルカナ民族の敵であることが宿命づけられてしまう命だ。

それを拒もうとするアルファナの意思を読み取ったかのように、ジークヴァルトは連続してアルファナの中を犯した。

「あ、ぅ、も、もう……許、し……ッ」

ぷぢゅ、と卑猥な音をたてて、新しい白濁液が注がれ、アルファナのぽってりと紅く色づいた蜜花から溢れ出す。

（嫌ぁ……っ……濃い……っ）

絶頂の余韻《よいん》に爪先をヒクつかせながら、アルファナはジークヴァルトの熾烈《しれつ》な愛情におののいた。

躰の芯まで犯されているという実感があった。

自分の中が、白いものでいっぱいにされている。わかるはずのない、その濃度と熱さがわかる。

錯覚のはずなのに、それは酷く生々しい。

生身とは違うマグナティカのセックスには終わりはない。終わらせられるのは、彼自身が終わりを決めた時だけだ。

熱く蕩けきった中に、また硬いものが押しこまれる。呑みこみきれない白濁が、桃色の花弁からじゅくじゅくと押し出されている。

「ふぁっ、やぁっ、アァんんっ！」

引き抜かれる際にまで、アルファナは感じて身悶えた。媚肉に馴染んだ肉杭の、張り詰めた裏筋の感触までがわかった。

その部分で中をこすられると、堪らなかった。

陰茎と同時ににゅるりと抜かれた触手もまた、アルファナを感じさせた。名残《なごり》を惜しむようにアルファナの子宮口やGスポットをぬるぬると撫で上げ、アルファナ自身の蜜にまみれながら顔を現す。

アルファナの蜜孔と、ジークヴァルトの亀頭の先に、ねっとりと濃い糸がかかる。極限の羞恥に、アルファナは頭がぼぅっとした。

すっかり蕩けた躰を軽々と持ち上げられ、アルファナは横たわったジークヴァルトの上に抱かれた。やっと雄蘂を引き抜いてもらえたアルファナの尻が、切なげに震える。力の入らない両腕で、それでもアルファナは逃れようとする。その両手首に、触手が絡みついた。

「あ……ぅ……」

両手首を後ろ手で拘束されて、アルファナはくたりと俯いた。触手は、絶妙な強度で絡みつき、アルファナから自由を奪った。

ジークヴァルトの胴を跨《また》がされたアルファナの尻が、触手によって持ち上げられる。落とされる先には、ジークヴァルトの逞しい屹立《きつりつ》があった。

「やッ……深、いぃっ……！」

すっかり蕩けきった蜜肉の中に、屹立が挿さる。アルファナ自身の自重によって、それは深く、臍《へそ》の下あたりまで潜りこんできてしまう。

「ン、ふぅっ……」

騎乗位の体勢で貫かれたまま、アルファナはジークヴァルトに唇を貪《むさぼ》られた。キスの合間に、彼はまた囁く。

「アルファナはまだ足りない、と言っている」

「う、嘘、あ、嫌、ぁあっ……！」

結合部分にジークヴァルトの指が伸ばされた。つながっている部分をなぞられ、尻の割れ目まで弄られた後に雌芯をつままれ、アルファナの膝に力がこめられる。

「あぅっ、ンンぅっ！」

下腹の奥で迸る快感に、腰が止まらないのだ。当初は逃れるために振られていたはずの腰が、違う意図を持って蠢き始める。

「い、やだぁぁ……！　止まらな、ぃ、のぉっ……！」

蜜肉の中が疼くのを、止められない。むず痒《がゆ》いような、切ないような奇妙な感覚にアルファナは突き動かされていた。

立てた両膝だけで下肢を支え、根元まで挿入された太いものを出し入れさせると、ぱちゅっ、ばちゅっ、と粘液がぶつかり合う卑猥な音が響く。後ろ手に縛られたままだから、動きにくく、焦れったさが増すようだった。

身を捩るたびに、白く、大きな乳房が跳ねる。ジークヴァルトの手のひらが、それを掴んだ。

「ひ、ンッ！　い、今、そこ、らめぇぇっ……！」

乳房の丸みが、触手によって軽く引き絞られる。突き出された突端には、ジークヴァルトの指が這う。

「あ、ァ、嫌、ぁぁ……ン！」

桃色の乳首をつままれた途端、艶やかな髪を振り乱しながら、アルファァナはまた達していた。

乳首から臍の下にまで、じぃんと痺れが走り、アルファァナの女の部分を疼かせ続ける。アルファァナの絶頂を見届けると、ジークヴァルトは乱れ狂う細い腰に両手を移動させた。堪らずアルファァナは叫んだ。

「な、中にッ、出し、て……ッ……熱い、の、止め、てぇっ……！」

ジークヴァルトを満足させない限り、この行為は終わらない。アルファァナには他に方法が思いつかなかった。

ただの人間なら、射精すれば終わるだろう。けれども、マグナティカの王を満足させる方法なんて、誰も知らない。

少なくともジークヴァルトは、アルファァナの貴重な『おねだり』を無下にはしなかった。望み通りたっぷりと新しい白濁液を注がれて、アルファァナは欲望に酔いしれた。

「ふぁ……あぁ……っ」

閉じられない唇から、透明な雫が零れる。

後ろ手に縛るために用いられていた触手が、一旦離れる。両腕が自由になっても、アルファナはくたりと躰を投げ出すだけだった。

「ン……う、ン……」

ジークヴァルトの上に倒れこむと、また唇を奪われた。

「あう、ン……っ」

ジークヴァルトの手によって、アルファナの腰が摑まれ、持ち上げられる。ぬぽ……といやらしい音と感触を残して、逞しいものが引き抜かれる。ぽっかりと口を開けたアルファナのそこはすぐに収斂《しゅうれん》し、元の慎ましやかな秘唇に戻った。

「ん……んぅ……っ」

ちゅ……ちゅ……と小鳥のようなキスを繰り返しながら、アルファナは未だ、ジークヴァルトから解放されない。

キスに応じればジークヴァルトの機嫌がよくなることを知っているから、アルファナは無意識に甘いキスに応じていた。

(まだ……じくじく、してる……)

ジークヴァルトの指が、アルファナの下肢をなぞる。ぴんと張り詰めたシルクのように艶やかな肌の感触を、彼は愉しんでいるようだった。

尻の割れ目をなぞられ、アルファナは軽くいやいやをする。注がれた大量の白濁液を漏らす花弁にも指が触れる。

執拗な性交ですっかり熱く蕩けた花弁の中を弄られながらキスされて、アルファァナはまた下腹部を疼かせた。

「は……ぅ………ン……ッ」

アルファァナ自身の蜜と、ジークヴァルトが放ったものが花弁の内外で混ざり合い、クチュ……クチュッ……と卑猥な音を奏でる。

男にしては繊細な中指で、媚肉を掻き混ぜられる穏やかな愛撫は、太いもので可愛がられた後の蜜肉にはもどかしすぎた。

「ひ……や、らぁっ……も、もぉっ……」

終わらせて、と言ったのに。

終わりを望んでいるのは確かに自分自身であったはずなのに、アルファァナにはもう、どちらが本当の望みだったのかさえわからない。

まだ、足りない。

「ふ、ぁっ⁉ や、ぁぁ……そん、な……っ」

尻の恥ずかしい窄まりを触手によってまさぐられ、アルファァナは羞恥に身を焦がす。ジークヴァルトはアルファァナの、恥じらう姿を好むようだった。

「あ……ッ」

また体勢を入れ替えられ、今度は逆向きにジークヴァルトの顔を跨がされ、アルファナは震えた。

アルファナの目の前には、萎えることのない彼の雄蘂が突きつけられている。さっきまでアルファナの胎内にあったそれの、淫靡《いんび》でありながら雄々しい形状を、アルファナは直視できない。

恥じらうアルファナの、双臀の丸みが掴まれた。そして。

「や、ひぃぃっ……！　吸っ、ちゃ、らめぇっ……！」

ジークヴァルト自身に注がれた白濁を漏らす蜜孔に、唇が押し当てられた。そのまま強く吸われて、アルファナは髪を振り乱し、激しく身悶える。熱い唇と舌は、アルファナの外陰部までをも蹂躙《じゅうりん》した。

「ンぁ、あううっ！」

つんと突き出した陰核をぬるぬると舌で押し潰され、アルファナは啼き喘ぎながら目の前の屹立にしがみつく。

欲しい。これを、また空洞の肉筒に埋めこんで欲しい。

口にはできない欲望に、アルファナは身を焦がした。

(わたし……なんて、ことを……)

望んではいけないことを望む自分自身のことが、アルファナ自身にさえ信じられない。

種明かしをしたのは、退屈そうに見ていたキリエだった。

「皮肉なものだよね。誰にも膝を屈しないカイザーが、至高の性玩具でもあるなんてさ」

（性、玩具……？）

意味がわからず、アルファナはぼぅっと瞳を潤ませる。キリエはどこまでも、倦《う》んだ様子だ。

「セックス用の魔道人形って意味だよ。雌型のほうが一般的だけど、雄型にもそれなりに需要はある。もっとも、カイザーにその機能が備わっているなんて知ってる人、僕の他にはいないけど」

だったら、あなたはなぜ知っているの、という当然あり得るべき疑問がアルファナの脳裏に浮かんだのは、だいぶ経ってからのことだった。今のアルファナにその余裕はない。

「お、終わらせ、てッ……早く、終わり、に、してぇっ……！」

アルファナにはそれだけ言うのが精いっぱいだ。ジークヴァルトは聞き入れない。

「誓いのキスを。アルファナ」

「あ……ぅぅっ……」

希われるまま、アルファナは唇の純潔を彼に捧げた。太い肉杭の根元に手を添え、チュッ……と小鳥のようなキスで、彼の先端に触れる。

（あ……また、大きく……）

アルファナのキスに反応して、それはびくんと震え、さらに太さと硬さを増した。この器官で散々に苛められたのだと思い起こして、アルファナはいたたまれなくなる。躰の中の、一番恥ずかしい部分をこれで犯されたのだと思うだけで、頭も、躰もおかしくなりそうだった。

嵐に揉まれる小舟のように蹂躙され続けるアルファナを、キリエが揶揄する。

「はは、男のちんぽなんか銜えて、恥ずかしくないの？　お姫様？」

アルファナははっとして、泣きそうになる。

実際、自分はなんて恥知らずなことをしているのか、と。

強いられたこととはいえ、こんなのは許されざることだ。亡き父王、母后に、死んでも詫びきれない裏切りなのだ、と。

「う……ひ、く……っ」

小さな嗚咽が、アルファナの口から漏れる。自分以外の男の言葉で、アルファナが傷ついたことにジークヴァルトが不機嫌になる。カイザーらしい居丈高さで、彼はキリエに告げた。

「邪魔だ。黙って見ていろ」

「でも、きみだってそれじゃあ焦れったいだろう？　ほら、アルファナ。もっと深く銜えて」

キリエの嬲り言葉に従うように、アルファナは小さな唇を目一杯開き、ちゅぷ……と口の中に亀頭を沈ませた。理性はもう壊れかけていた。

「先っぽの一番太い部分を、吸ってごらん。甘い蜜が出てくるだろう？」

キリエの言う通り、アルファナは花の蜜を吸う蝶《ちょう》のようにそこを吸った。

確かに甘い。男の味を知らないアルファナは、これが普通なのだと信じてしまった。

うっとりと、目を閉じて味わう。

（おいしい……）

「先っぽを吸いながら、口に入りきらない茎の部分を指でしごいてあげて。裏側に、太い血管みたいな膨らみがあるだろう？　そこを、指で、コリコリって……そう、上手だね、アルファナ。さすがお姫様だね。カイザーも夢中だ」

上品な学者然としたキリエの口から、過激な煽り文句が発せられる。一体なぜ、彼がそんなことをするのか。アルファナには皆目《かいもく》わからない。

「きゃううっ……！」

考える余裕はなかった。

不意に口から極太のものをこぼして、アルファナが喘ぐ。

「あ、ァ、嫌、ぁあっ……！　そこっ、舐め、ちゃ、だめぇえっ……！」

両手で押し拡げられた尻の割れ目に、隈無《くまな》く舌が這い始める。乙女の割れ目だけでなく、恥ずかしい窄まりまで舐め回されて、アルファナは羞恥に啼いた。

キリエの言う通り、ジークヴァルトはいつも以上にアルファナに溺れているようだった。

キリエは、不可解なほどジークヴァルトを煽るのが巧かった。

「ひ、ァァッ……舌、ぁっ……！」

アルファナはその部分を、何度か触手に悪戯されたことはあるが、ジークヴァルト自身の舌で犯されるのは初めてだった。同じ魔道の創造物であるはずなのに、触手とジークヴァルトの舌とでは羞恥の度合いがまるで違う。

「や、だぁっ……嫌、あぁ……っ」

繊細な指で、反り返る勃起をきゅっと握りしめて、アルファナはただ震えた。忌むべき箇所に口づけられ、感じている自分が許せない。その姿が、ジークヴァルトの目には愛らしく映るのだろう。

「おまえの躰は、どこも可愛い」

「ん、あぁぁッ！」

囁く合間に熱い息を浴びせられ、恥孔と花弁の繋ぎ目にキスされて、アルファナはまた達した。

「お尻でイッちゃうなんて、悪いお姫様だね」

「はぅ……ン……あ……あぅっ……」

反論したくても、アルファナの舌は巧く回らない。それをいいことに、キリエはまだジークヴァルトを煽る。

「わかっただろう? カイザー。アルファナはとてもいやらしい女の子だ。女の子の部分だけじゃ、満足しないらしい」

「ち、違、ぅっ……そん、な、の……あ、だめぇっ……！」

ジークヴァルトが、キリエの言を信じたのかどうかはわからない。が、彼の独占欲に底はなかった。

軽く節くれた男の指が一本、未通の窄まりに入れられる。ジークヴァルトはまた体勢を入れ替えて、アルファナの躰を俯せにさせた。大きな乳房がシーツに押しつけられ、形を歪める。

掲げられたアルファナの臀部を、ジークヴァルトが両手で摑む。拡げられた臀部の割れ目は、艶やかに濡れそぼっていた。

キリエが嗤った。

「二度目の処女喪失だ。お尻でイくところ、カイザーに見せてあげなよ」

「あ、ン、ぅ、ああァーッ……！」

其処への挿入は案外、容易だった。

触手たちは器用な蠢きで、堅い処女孔を開かせる。中まで揉みほぐされ、愛液に似たものを塗りこめられた肉筒は、アルファァナ自身の思惑をまるで無視してジークヴァルトの切っ先を呑みこんだ。

「ひっ、だめっ、太、ぃっ、太い、のぉっ……！」

思わず叫び、アルファァナは腰を捩る。構わずに腰を進めながら、ジークヴァルトは抗うアルファァナの躰をあやすように、前へ食指を動かした。

「あンうぅっ……！　前っ、らめぇぇっ！」

熱く濡れた女の部分を弄られて、アルファァナの肢体が蕩ける。指先で、硬く尖ったままの陰核の芯を捕らえられ、優しく転がされてアルファァナはまた絶頂した。

「あ、ァ、あーッ！」

陸に揚げられた魚のように、びくびくと爪先が痙攣する。その時にはもう、ジークヴァルトの太いものは根元まで入れられてしまっていた。禁忌の部分までもを犯された衝撃さえ、今のアルファァナには甘美だ。それを、キリエが嗤っている。酷く愉しげに。

「そっちじゃ孕まないのに。我慢できなかったんだね、カイザー」

「はぅ……ン……あ、ぅ、ン……ッ」

禁断の部分にカイザーの子種をたっぷりと注がれて、アルファァナは遂に気を失った。

6　戸惑い

偽りの蒼穹《そうきゅう》から、光が降り注ぐ。汚染された大気はドームによって遮断されている。ドーム内の空気は浄化され、常に爽やかだ。にも拘わらず、アルファナは浮かない顔のまだった。

下界では見ることも叶わなかったドレスも、宝石も、アルファナの心を満たさない。ジークヴァルトは恐らく、彼なりに『困っている』のだろう。

無表情なせいでわかりにくいが、アルファナには彼の表情が読み取れる。伊達《だて》に恋人だったわけではなかった。

「アルファナ」

寵姫の間で、むすりと黙りこんで本を読んでいるアルファナの前に、彼は定期的に現れる。

名前を呼ばれても、アルファナは顔も上げない。それでもジークヴァルトの愛情、或いは執着が変わらないことが、アルファナには不思議だ。

（やっぱりジークヴァルトは『普通』ではないわ。普通の男の人なら……こんな感じの悪い女の子を、好きになるはずがないもの）

決定的な理由があるとはいえ、かつて恋をしていた男にこんなに怒った顔を見せるのは、アルファナにとっても決して楽しいことではなかった。それでも彼は挫《くじ》けずに、日ごと、アルファナに愛をねだる。

夜は抱かれて眠るものの、昼は彼にも執務がある。

もっとも、ほとんどが魔道に支配された世界で、『誰か』の意思で決められることはほとんどない。

実際、枢密院を頂点とする特権階級のマグナティカたちは、暇を持て余していた。その枢密院よりも上の立場であるジークヴァルトも、例外ではない。

（人間ってヒマになるとろくなことしないんだわ、きっと）

スラムにいた頃、アルファナには『暇』なんてなかった。王族の生き残りとはいえ、滅亡寸前の弱小民族だ。何もせずに遊んで暮らす余裕はないし、民のために働くことこそが王族の義務なのだとアルファナは父母から言い聞かされて育った。なのに、ここの連中ときたら真逆ではないかと、アルファナは憤る。

富める者たちはずっと富んでいて、働かない。働くのは貧しいCランク以下のマグナティカと、人間たちだ。

世界は何も変わらない。そういうふうに、強固に構築されてしまっている。

それを突破しようとした自分たちアルカナ人が愚かだったとは、アルファナは思いたくはなかった。

例によって今日も、閉塞した楽園で彼はアルファナと過ごしている。

「どうすれば、いい」

ドレスにも宝石にも靡《なび》かないアルファナを、ジークヴァルトは扱いかねていた。

「どうすれは、アルファナはまた笑ってくれる」

「アルカナ人への迫害をやめて、アルカナを独立させて。そうしたら心から笑ってあげるわ」

アルファナの要求を、ジークヴァルトは言下に否定した。それは以前にも、繰り返した会話だった。

「それはできない。世の理《ことわり》が崩れる」

「理って何よ。アルカナは、ずっと迫害されていろってこと？」

「わからない」

やけに正直に、ジークヴァルトは答えた。彼はアルファナの前でだけは、いささか愚直なほど正直になる。

「そういうふうに、決められている。俺はこの世界の秩序を守るために造られた」

「自分では、どうしようもできないってこと?」

「そうとしか、答えられない。理由は、説明できない。なぜなら」

彼は珍しく、言葉を選んでいるようだった。まるで、逡巡《しゅんじゅん》しているような様子だ。

「理由は、おそらく、私の中には『無い』」

(ジークヴァルトの中に、あらかじめ刷りこまれているのね……)

アルファァナは考えた。そういう技術があることは、アルファァナも知っている。マグナティカの生成には枢密院の裁可《さいか》が必要だ。マグナティカを造る時、あらかじめ脳にある種の性格や使命感を刷りこんでおくことは可能だ。

インプリンティングは、現在のマグナスでは、Fランクの最下層民に施す以外は禁じられている。Fランクの最下層民に人権が認められていないのは、『人格』がないせいだと定義されていた。

(生まれる前から性格も行動もすべて決められてしまったら、それは『ヒト』と呼べるのかしら)

それは、刷りこみを施された側の責任ではない。彼らは生まれる前から自分の人生を奪われてしまったようなものだ。

(でも、まさか、そんな最下層民にしか強制できないような技術を、カイザーに……?)

もしも自分の想像が的を射ているとしたら、とんでもないことだとアルファァナは震えた。

ジークヴァルトも、それがわかっているから今まで話さなかったのだろう。もしこの推測が当たっていたら、大変なスキャンダルになる。

完全無比、自律行動が可能なはずのカイザーに、Fランク最下層民と同じ施術がされているなどとは、誰も思うまい。

カイザーの『意思』が『神』という概念と同格に扱われるのは、『カイザーは過ちを犯さない』という前提があるからこそ成り立つのだ。

もしも今、ジークヴァルトが言ったことが事実なら、カイザーであるジークヴァルトは枢密院よりも下位の存在になってしまう。そのほうがよほど、『理』が崩れるのだ。この世界は神に等しいカイザーによって治められているはずなのに、枢密院がそれを凌駕《りょうが》するだなんて。

そこまで考えて、アルファァナはふと思いついた。

（もしその醜聞《しゅうぶん》を利用して、帝政を倒そうとする人物がいるとしたら……それは、アルカナ人しかいない）

このマグナスに、有力な反政府勢力は一つしかない。それがアルカナ民族だ。小さな抵抗勢力は各地に点在してはいるらしいが、なにぶん小さすぎて勢力としてカウントされていない。

アルファァナは改めて、ジークヴァルトの端整な顔をまじまじと見つめた。

表情は変わっていないが、アルファナが話題に乗ってきたことに彼が喜んでいることはわかった。

要するにこのカイザーは、唯一最大の抵抗勢力の旗印である姫君に、自分の弱点を喋ってしまったということになる。

「前から思ってたけど……ジークヴァルトって、実はお人好しなの？　それとも、何か他に深謀遠慮《しんぼうえんりょ》があって話したの？」

思ったままを尋ねると、ジークヴァルトは正直に答えた。

「アルファナがここから逃げ出さなければ、問題はない。逃がすつもりはないから、大丈夫だ」

「……前言を撤回するわ。やっぱりあなたは性格が悪い」

ゆうべのことを思い出し、アルファナの中でジークヴァルトに対する怒りが蘇った。アルファナにとっては不思議なことに、ジークヴァルトは、他人の内心を読むような鋭さを見せるくせに、アルファナの拒絶は聞き入れない。それが余計にアルファナを苛立たせているのだった。

「他に望みは、ないのか」

重ねて尋ねてくるジークヴァルトに、アルファナはつい、本音を漏らした。今までとは違う、弱い声で。

「外に……出たい」

言っても無駄だとわかっていたから、アルファナは今まで、それをジークヴァルトにねだったことはなかった。

アルカナへの迫害をやめさせろだとか、自分に触るなだとかは言ったが、単純に『外へ出たい』などという望みは、口にはしなかった。

ここの空気は、スラムよりずっと清浄なのに、アルファナには息が詰まる。それが、城を覆うドームのせいなのか、或いは別の何かなのかはわからない。ただ、籠《かご》の鳥であることだけは、ひしひしと感じる。

みんなに、会いたい。言外にアルファナはそう伝えた。ジークヴァルトの返答は、意外なものだった。

「わかった。どこへ行く」

「……え？」

アルファナは、自分の耳を疑った。

ジークヴァルトは今、なんと言ったのか、と。

「今、なんて……」

「だから、外に。出たいんだろう。具体的にどこへ行く」

「え、あ……」

いきなり言われても、アルファナには要求を受け容れられた時の覚悟がない。まさか、本当に城から出られるなんて、思っていなかった。

「ほ、本当に、いいの?」

「ああ。なぜ嘘をつく必要がある」

確かにジークヴァルトは、嘘はつかない。いっそ嘘であってほしいという状況でも、彼は正直だ。

つまり、本当にこの堅牢な城から出られるのだと理解した瞬間、アルファナの胸に浮かんだのは歓喜ではなく不安だった。

「スラムに、帰りたい……」

まさか、いくらなんでもそれは聞き入れられないだろうという予測も、ジークヴァルトは覆した。

「いいだろう。ただし、変装はしてもらう。おまえの正体が知れたら、騒ぎになる。無論、俺もだが」

「あの、でも、待って。本当に、いいの? わたしが行きたいと言っているのは、アルカナ人街のスラムなのよ?」

そこはジークヴァルトにとっては、滅ぼさねばならない敵地であるはずだ。もっとも、スラムは迫害を受けるたびに転々とし、同胞たちも各地に散らばったせいで全滅だけは免れている。

悲しいかな、アルカナ人は逃げることも隠れることも、秘密裡に連絡を取り合うことも得意だった。長い迫害の歴史が、彼らにその特技を与えた。

ジークヴァルトに動揺の様子はなかった。

ただ淡々と、手のひらに取り出した端末を用いて、出立の準備をお付きの者たちに指示するだけだ。

「スラムでも、どこでも。俺がついているから、平気だ」

「平気も何も、わたしが逃げたらどうするのよ！」

なぜ自分は、よりにもよって自分を捕らえているジークヴァルトを相手にこんなことを言っているのか。アルファナには自分でも不可解だったが、ジークヴァルトは平然としている。

「逃がさないから、平気だ」

「大した自信ね！」

そう毒づくのが、アルファナには精一杯だ。負け惜しみも交えて、アルファナはこう言った。

「言ってみただけよ。本当に行けるなんて、思ってないわ。ていうか、あなたをアルカナ人のアジトに連れて行けるわけないじゃない」

アルカナ人の暮らすスラムは各地に点在しており、政府軍の襲撃を受けるたびに彼らは民族単位であちこちを転々とした。その場所は当然、アルカナ人にしか知らされていない。この前のようにマグナス政府の関係者に知られたら、また襲撃を受ける。

ただでさえ今は、本格的な殲滅戦が計画されているとキリエから聞いたばかりだ。そんな時期に、よりにもよってマグナスの皇帝をアジトへ連れて行けるわけがなかった。

アルファナの口からそれを聞くと、ジークヴァルトは自分の右耳からピアスを外し、彼女に渡した。ジークヴァルトの瞳と同じ、アメジスト色の魔石がついたピアスだった。アルファナは手のひらに乗せられたそれを、怪訝《けげん》そうに眺める。

「何よ、これ?」

「記憶操作の魔道式が書きこまれている」

ジークヴァルトに言われ、よく目を凝らして見ると、確かに魔導式のような模様が透き通った石の中に浮かんでは消えていくのが視認できた。

「魔導師でなくても使える術式を教える。それで俺の記憶を消せばいい。消せる記憶は、一つだけだが。それでいいだろう」

「え、それって……」

まさか、とアルファナは驚いた。ジークヴァルトは、アルファナを連れてスラムへ行った後、その記憶をアルファナに消すことを許すというのか、と。

（嘘……じゃ、ない、わよね……）

普通だったら疑わずにはいられない状況だが、相手がジークヴァルトである、という事実が、アルファナの心を揺らした。

彼は嘘をつかない。嘘をつく必要がないからだ。その点だけは、アルファナは本当に羨ましいと感じる。ジークヴァルトがアルファナを閉じこめて自分のものにするのも、アルカナ民族を殲滅するのも、彼の胸一つということなのだから。

アルファナは念のため、彼に確かめた。

「一つ聞くけど。もしもわたしがこの魔石を悪用して、あなたの記憶の重大な……いえ、重大じゃ、なくても……」

アルファナは口籠もり、わざわざ言い直した。

「たとえば、わたしに関する記憶を消す、とか……」

それができれば、万事解決するはずなのに。

アルファナは、それをしたくない自分を知っていた。心のどこかで、憎んでも覚えていてほしいと望んでいたのかも知れない。自分がジークヴァルトを憎みながらも忘れられなかったのと、同じように。

しかし、彼の反応は何も変わらなかった。彼はそんなミスを犯さない。

「それはない。消せる記憶領域は、あらかじめ魔石に設定してある」

（なんだ……っていうか、それくらいはして当然と言えば当然だわ……）

ジークヴァルトが、そんな間抜けなミスを犯すはずがないことは、アルファナだって知っている。

ひとしきり疑い、怒った後、アルファナの胸にようやく喜びが沸き起こる。アルファナはジークヴァルトから受け取ったピアスを握りしめた。

（外に、出られる……）

決して脱出できるわけではないが、懐かしい風景が見られる。

故郷の空気が吸える。

アルファナにとってそれはドレスよりも宝石よりもありがたい、無上の宝物だった。たとえスラムの淀んだ空気でも、そこで生まれ育ったアルファナには懐かしいのだ。

（本当のアルカナは、地上の楽園みたいに美しい場所だって聞いたけど）

そんなのは物語として父母に聞かせられただけで、アルファナ自身は見たこともない土地の話だ。

（考えてみたらわたし、見たこともない故郷を取り返すために戦っているのね……）

見たこともない景色に、果たして愛着が持てるだろうか。アルファナにはわからない。けれど、それが皆の望みなら、叶えてやりたかった。それが自分の、生きる意味だとアルファナは信じていた。

「そういえば」

アルファナはふとジークヴァルトに尋ねた。

「あなた、アルカナのスラムに迷いこんだ時も記憶をなくしてたわよね。あれは、どうして？」

アルファナの質問に、ジークヴァルトが不思議そうな顔をする。

「わからない」

怜悧で理知的でありながら、子供のように澄んだ目を時々、彼はした。

「俺の記憶は、枢密院が管理している。魔道式のバグだと言われた」

「カイザーのほうが、枢密院より立場は上でしょう。なのに記憶を操作されるの？」

「いにしえからの決まりだ。そういうふうにできている」

「ふうん……」

アルファナはそれ以上、追及はしなかった。ジークヴァルト自身が疑問を抱いていなかったし、何より彼は嘘がつけない。それ以上問いただすことに、意味はなかった。

レムクール城からスラムまでは、馬車でも丸一日かかるほど遠い。それをジークヴァルトは、帝室御用達《ていしつごようたし》の早馬を用いて二時間で到着させた。

◆◇◆

もっとも、スラムの中まではその馬では入れない。魔道改造された馬など、スラムには存在しない。見つかればすぐに盗まれるか、強盗に襲われるだろう。

その点、ジークヴァルトに手抜かりはなかった。宝石だらけの鞍《くら》で飾られた馬は、二人をスラムの一番外れで下ろすと、すべてを心得ているかのように単独でレムクール城への帰途を辿った。

風よりも早いその駿足ならば、盗人に捕まることもないだろう。見事な葦毛《あしげ》が遠ざかるのを、アルファナはジークヴァルトと肩を並べて見送った。ここからは、徒歩だ。首都から一歩、北へ進むごとに、道が悪くなっていく。舗装《ほそう》は剝げ、やがて何もない土埃《つちほこり》の舞う街が続いていく。草木も生えぬ、不毛の地だ。

「あの、本当に、平気なの……？」

道すがら、アルファナはもう一度ジークヴァルトに尋ねた。自分で言い出しておきながら、アルファナは不安でならないのだ。ジークヴァルトは、何度も繰り返されるアルファナの質問にもただ淡々と頷くだけだ。

「平気だ」

アルファナの肩を抱いて歩く彼は今、魔道騎士に扮していた。主《あるじ》を亡くし、放浪する魔道騎士とその妻という『設定』で通すらしい。カイザーのみに許された菫色の瞳も青く変え、ただの騎士に身をやつしている。

ジークヴァルトには、自信があるのだろう。どのスラムでも、アルファナを守り通す自信が。と同時に、城で断言したように、アルファナを逃がさない自信もあるのだ。

が、アルファナが心配しているのは、畢竟《ひっきょう》それではない。

（正体がばれたら、どうするつもりなのよ。ここじゃ、ジークヴァルトのほうが危ないのに）

アルカナ人で組織される、反政府勢力を侮らないでほしいとアルファナはジークヴァルトに何度も『忠告』した。スラムは、アルカナ人のホームグラウンドだ。護衛もつけずに皇帝が出歩くなど、正気の沙汰ではない。

結局自分は今でもジークヴァルトのことが――――正確にはトールのことが心配なのだと自覚して、アルファナはやるせない気持ちになった。

アルファナのほうは、キリエの魔道によって肌と髪、それに瞳の色を変えられ、Bランクのマグナティカに扮している。ジークヴァルトと同じ金髪に白い肌、瞳の色は青だ。アルカナ民族としては大変な屈辱だったが、今はそうも言っていられない。アルファナのほうこそ、アルカナ人全員に顔を知られているのだから。

スラムの入り口まで辿り着くと、ジークヴァルトはアルファナに念を押した。

「声は出すな。聞いた相手を斬らなければならなくなる」

「わかってるわ」

ジークヴァルトの腰に下げられた抜き身の剣が、不穏に光っている。スラムでは、剣は抜き身で持つのが常識だった。アルファナも短刀を使うのは得意だったが、囚われの身では武器の携行は許されない。

（いいわよ、別に。体術だって得意なんだから）

悔し紛れにアルファナは心で呟いた。ジークヴァルトが相手では役に立たない体術であったが、魔道強化を受けていない人間が相手なら勝てる。もっとも、アルファナが戦わなければならない相手はおおむね魔道強化を施されたマグナティカのほうだったけれど。

スラム特有の饐《す》えた匂いが鼻腔に触れた途端、アルファナは懐かしさに息を呑んだ。美しいものなど何もない、どこまでも続く灰色の景色が、こんなにも懐かしい。アルファナにとって故郷とは、スラム以外にあり得なかった。

地面に堆積《たいせき》した土埃が、靴の下で乾いた音をたてて潰れる。肥沃《ひよく》な土とも、色鮮やかな花とも無縁の土地だ。大きな布ですっぽりと全身を覆ったアルファナは、布の隙間から周囲を見回した。

崩れかけた灰色の家々。バラック。錆《さ》びたトタン屋根。何を売っているのかも判然としない露店。それらすべてが懐かしかった。

涙ぐみそうになるのを堪え、表向き無表情を装って歩くアルファナの後ろに、ぴったりとジークヴァルトが寄り添う。

スラムに戻ったところで、アルファナに何かができるわけではない。が、見知った顔の無事な姿を見るだけでも、アルファナの心は救われた。

(この、奥)

人通りの多い目抜き通りを避けて、アルファナは同胞たちが暮らす北東の一角を目指した。アルカナ伝統の、獅子の彫刻と瓦造りの屋根が見えてくると、アルファナは走り出したくなる。

(みんな……!)

道路の向こう、三々五々に散らばる人々の中に知った顔を見つけ、アルファナは思わず足を止める。その背中を、ジークヴァルトがさりげなく押した。

「立ち止まっては駄目だ」

「…………」

アルファナは黙って頷いた。立ち止まれば、それだけで目立つ。ただの通行人を装うことは、絶対に守らなければならない約束だった。

なるべくゆっくり歩いて、アルファナは仲間たちの姿を眺めた。婚約者であるカルヴァンの姿はなかった。

（殺されてはいないと思うけど。無事かしら……）

アルファナが囚われの身になった今、アルカナ民族の頭目は彼だ。その両親で、アルファナにとっては叔父、叔母にあたるナーグ夫妻の姿も見えなかった。

（このアジトは、まだマグナス政府側には知られていないはず。でも、それもいつまで続くか……）

マグナス側には多くの魔導師も、魔道兵もいる。それに対して、まやかしの結界を張れるアルカナ教の導師は、もうほとんど生き残っていない。

（出かけているだけならいいけど）

不安を胸に秘め、アルファナはその場を立ち去ろうとした。と、その時、アルファナの背後で鋭い声がした。

「アルカナ狩りだ！」

びくりとアルファナの肩が震える。その言葉はアルファナに、つらい過去を思い起こさせる。

男たちの怒声と、土を踏み荒らす靴音。女たちの悲鳴。アルファナがかつて、耳にしたものだった。

ジークヴァルトの指が、アルファナの肩に食いこむ。アルカナ狩りをするのは主に、マグナスの傭兵だ。アルカナ人を売り買いすることは、彼らにとって重要な収入源だった。

(マグナスの兵に見つかるのは、まずい……)

アルファナにだって、それはよくわかっている。自分は今、見ていることしかできない立場だ。たとえジークヴァルトに頼んでも、彼がアルカナ人を助けることはできない。

涙を呑んで、ジークヴァルトに促されるままその場を立ち去ろうと一度は決意したアルファナの目に、とんでもないものが飛びこんできた。その幼い姿を見た途端、アルファナの心で何かが壊れた。

「フィー!」

その名を、思わず叫ぶ。声は魔道による偽装を受けていなかったから、アルファナ自身のものだった。

バラックから引きずり出され、屈強な兵たちに連れ去られようとしていたのは、アルファナが可愛がっていた小さな少女、フィーだった。

フィーは、アルファナの声にはっと目を見開く。が、あまりにも姿形が違うため、それがアルファナなのだとは気づけないようだった。

声に出してその名を呼んだ直後、アルファナは激しく後悔した。助けられるわけがないのに、名前を呼んでしまった。禁を、犯した。

ああ、と慟哭《どうこく》がアルファナの口から漏れる。

ジークヴァルトは、決して怒りはしないだろう。その程度のアクシデントは、彼にとっては想定内のはずだ。きっと彼は有無を言わさず、アルファナを抱えてこの場を離脱するに違いない。

アルファナが、運命の荒波に身を委ねようとしたその時。

ジークヴァルトの手が、アルファナの肩からそっと離れた。

「え……？」

戸惑うアルファナを置いて、ジークヴァルトはフィーを捕らえる兵たちのほうへ歩いていった。兵たちは最初、警戒をあらわにし、ジークヴァルトに剣を向けた。その兵に、ジークヴァルトが二言、三言言葉をかける。

兵たちの顔色が変わった。一人は、ひっと悲鳴をあげて固まった。

（まさか、正体をばらしたの？）

アルファナははらはらしながらそれを眺めた。ジークヴァルトの正体を兵が知れば、それは驚くだろう。

数分も経たずに、決着はついたようだった。兵たちはフィーの身柄を、ジークヴァルトに差し出した。フィーは、何が起きたのかわからないという顔でジークヴァルトを見上げている。

　すぐにでもフィーに駆け寄って抱きしめたいのを、アルファナは堪えた。今、それをしたらすべてが台無しになりかねない。

　ジークヴァルトは一旦確保したフィーの身柄を、連行されていくアルカナ人の集団に戻し、彼らを捕らえているマグナス兵に何かを伝えていた。

　アルファナのもとへ戻ってきたジークヴァルトの胸に、アルファナはしがみついた。

「瞳の色だけ、元の紫に戻したのね？」

「ああ」

　ジークヴァルトは一部だけ魔道装を解き、自分がカイザーであることをマグナス兵に知らしめたのだろう。

「フィーは、どうなるの……？」

「買われていく先は、こちらで指定した。惨《むご》い扱いは受けないはずだ」

「それって、助けてくれたってこと？」

「……？　助けないほうが、よかったたか？」

ジークヴァルトが不思議そうにアルファナを見下ろす。こんな時、アルファナはどんな顔をしていいのかわからない。

「そ、それは、もちろん、助けてほしかったけど……」

まさか本当に助けてくれるなんて、アルファナは思っていなかった。それでつい、アルファナは声を荒らげた。

「できないって、自分で言ってたじゃない！」

「買い手を指示するくらいはできる。マグナス人に限るが、奴隷にされることはない。させない」

力強く言い切られたジークヴァルトの言葉に、アルファナの心がじんと温かくなる。それは不思議な感じだった。

帰途、二人は何も話さなかったが、馬上での距離は往路の時よりも近かった。

7　心

夜のしじまが、レムクール城を包みこむ。ドーム状の空気の膜が天蓋の役割を果たす、ここレムクール城は、外界の喧噪とは無縁だ。

アルファナのお気に入りは、城の中庭に設《しつら》えられた四阿《あずまや》だった。四阿といっても、寝台もソファもテーブルもある。定められた時にしか雨が降らず、天候や気候を気にする必要のない城内では、壁は不要だった。他人の視線を気にする必要もない。ここには、孤独な王と寵姫しかいない。

四阿の寝台の上で、アルファナは今宵もジークヴァルトに抱かれていた。子供のように後ろ向きに彼の膝に抱かれ、アルファナはぼんやりと庭を見ていた。夜露に濡れた花々が、今宵はやけに美しく見えた。

スラムから戻った翌日、ジークヴァルトはいつもの無表情でアルファナに告げた。

『総攻撃を延期する方便を考えている』

アルファナはもう、自分の耳を疑ったりはしなかった。彼は本気だった。魔道による刷りこみのせいで、アルカナ人への迫害をやめることはできないが、『方便』さえ確立できれば、攻撃の手を緩めることは可能なのだ。恐らく、枢密院による刷りこみに支配されていた彼は、そのことにさえ気づけなかったのだろう。

『あ……あ、り……』

願いを叶えてくれようとする彼に、ありがとう、と言いたいのに。アルファァナには言えなかった。

アルファァナ自身は、魔道式による刷りこみなど受けたことはない。だが、アルファァナには刷りこみに抗うことの困難さがよくわかるのだ。

アルカナ王朝最後の姫として、アルカナの復興とマグナスとの戦いを宿命づけられていたのは、アルファァナも同じだ。それは『教育』だとか『伝統』だとかいう形で、アルファァナの脳に深く刻みこまれた。

マグナス人を愛してはいけない。許してはいけない。自由に恋などしてはいけない。アルファァナはもはや絶滅寸前のアルカナ人の中でも、特に貴重とされる純血種だ。純血を守るためには、従兄弟のカルヴァンとの婚姻が絶対不可欠だった。

なのにアルファァナは、よりにもよってマグナス人に恋をしてしまった。『トール』への恋心を自覚した時の、身を灼かれるような罪悪感は忘れようもない。

と同時に、アルファァナは知ってしまった。

禁断の蜜は、かくも甘いのだということを。

今、アルファナは寵姫らしく、大人しくジークヴァルトの膝に抱かれ、その艶やかな黒髪を撫でられている。それは今のアルファナにとっては、『仕事』だ。そのお陰でフィーは助かった。

『仕事』というのは、なんて素晴らしい『言い訳』になるのかと、アルファナは自分のずるさを自覚してしまった。

今、ジークヴァルトに抱かれ、髪を撫でられて、幸福を感じていないと言えば嘘になる。

「……ン……ッ」

後ろから顎を摑まれ、唇を奪われても、アルファナはかすかに肩を揺らしただけで抵抗はしない。

(わたしが、我慢すれば)

宵闇の中で、唇が重なり合う。やがて口づけは、捩れあうように深くなる。

(みんなが、助かるもの)

『我慢』しているはずなのに。嫌なことのはずなのに。アルファナの瞳は潤み、頬は紅潮し始めている。

「どうすればいい」

キスをやめると、ジークヴァルトはアルファナに尋ねた。最近、彼はよくその質問を口にする。

「どうすれば、アルファナは俺を愛してくれる」

「……ッ……」

アルファナは言葉に詰まり、目を逸らす。そして、今日こそは言おうと心に決めていた言葉を、やっと口にした。

「……わ、わたしの、言うことを、ちゃんときく……？」

アルファナの出した、やけに遠慮がちな『条件』に、ジークヴァルトはこくりと頷いた。

そんなふうに頷く彼は、アルファナが愛したトールそのもので、アルファナの心を掻き乱す。

(あれは、演技や作り物ではなかったのね……)

彼はもともとトールそのものなのだと思うと、遠い日の恋が痛ましくて、アルファナは苦しくなる。この胸の痛みが、あの日と同じ熱情なのだとは、まだ認められなかった。

ジークヴァルトがアルファナの言うことをきく、とは言っても、もちろん『アルカナ人への迫害をやめる』こと以外だろう。今のアルファナには、それでもよかった。少なくとも、荒淫をやめさせることはできると思った。

「酷いことは、しないで。わたしが嫌って言ったら、やめて」

「……？　アルファナは、悦んでいた」

真顔で、不思議そうに言われて、アルファナはかっと紅くなる。

「言葉通りに受け止めてっていう意味よ！」

「わかった」

相変わらず素直に、ジークヴァルトは承諾する。少し考えて、彼は困ったように続けた。

「そうすると俺は、アルファナを抱けない」

「べ、別に、抱かなく、ても……ッ」

「死んでしまいそうな気分だ」

「それくらいで、死ぬわけないじゃない……っ」

アルファナは今、ジークヴァルトの腕の中で、懸命に言い訳を考えていた。彼はこんなにも嘘がつけないのに、自分は卑怯だとさえ思った。

やがてアルファナは、真実と嘘のちょうどいい狭間を見つけた。

「……フィーを、助けてくれたから」

そのことに、アルファナは本当に感謝していた。フィーの無事は、アルファナのかたくなな心を溶かした。

「その……普通に、する、のは……許します」

「普通とは？」

間髪入れずに聞き返されて、アルファナはまた怒る。

「知らない！」

「こういうのは、いいのか」

後ろから、ジークヴァルトの手のひらが、アルファナのチュニックの中へ忍びこんだ。

柔らかな乳房を直接摑まれて、アルファナの頰の紅潮が濃さを増す。もう何度もされていることなのに、『自分の意思で許可を出す』ことのハードルは、アルファナにとっては高い。

「アルファナの言うことは、俺にはなかなか理解できない」

彼は本当に『学習の途中』なのだと、アルファナはやっと理解した。生身の人間の『心の機微』を理解するのは、彼にとっては最大の困難なのだろう。尊大、冷酷な態度は、おそらくは枢密院によって刷りこまれていたものだ。

つまり彼は、最初から『素直』だった。

「だが、理解する努力はする」

「……あッ……」

大きな乳房を包む手のひらが、蠢き始める、たっぷりとした柔肉を揉まれ、乳首を優しく抓られて、アルファナの膝が跳ねる。

「こうして指で弄られるのと」

「ンン、ぅっ……！」

恥ずかしげに縮こまっていた乳首が、ジークヴァルトの指戯によって勃起させられ、引っぱり出される。その尖りはひどく敏感だった。

「唇と舌で舐《ねぶ》られるのと、どちらがいい」

「……ゆ、指、で……っ……ふぁ、ぁうっ……！」

それだけ答えるのが、アルファナには精一杯だった。アルファナの許しを得ると、ジークヴァルトの愛撫から躊躇いが消える。熟しきる直前の瑞々しい胸の膨らみが、ジークヴァルトの手の内で縦横に形を歪められた。つんと突き出した桃色の尖りを執拗に弄られて、アルファナの息は乱れていく。

「はぁっ……ン……あぁっ……ンン……ッ」

ジークヴァルトの膝の上で、アルファナの腰がもぞりと揺れる。下着は、つけていなかった。

それが寵姫の嗜みであると理解して以降、アルファナも愚直にそれを守っていた。

（嫌……っ……濡れて、る、の、ジークヴァルト、に……知られて、しまう……）

それを避けたくてアルファナは腰を揺すっていたのだが、結果的に剝き出しの部分を彼の膝付近にこすりつける羽目になる。

ジークヴァルトがそれを見逃すはずもなかった。

「ここは？」

スカートの中に手を入れられ、秘部をまさぐられた途端、アルファナの口から甘すぎる声が漏れる。

「ふぁぁっ……」

指で軽くなぞられただけで、アルファナのそこは濡れた音を響かせた。

アルファナの抗議がないのをいいことに、ジークヴァルトはアルファナの蜜を指に絡ませ、くちゅくちゅとさらに音をたてさせる。柔らかな割れ目はすっかり蜜にまみれ、奥の花弁はジークヴァルトに弄られることを明らかに悦んでいた。

ジークヴァルトはアルファナの耳朶を噛みながら、何かを追想するように囁いた。

「アルファナの蜜は、甘い」

「そ、んな、わけ……ない……っ」

「この蜜を吸いたい。……だめか？」

「あ、アッ……！」

雌芯の尖りをきゅっとつままれ、花弁から蜜を搾られて、アルファナは理性を蕩けさせた。それが彼の望みなら、構わないと思った。

「……いい、わ」

アルファナは大人しく寝台に身を投げ出し、彼のために怖ず怖ずと足を開いた。チュニックは鎖骨までたくし上げられ、夜目に白い乳房が揺れる。開かれた白い太ももの奥までもを自ら晒すことに、アルファナは強い羞恥を感じた。

ジークヴァルトの端整な顔が、アルファナの太ももの奥へと沈む。そして。

「あ、そこ、は、吸っちゃ、だめぇぇっ……！」

いきなり強く淫芽を吸われ、アルファナは太ももを震わせた。制止されてもジークヴァルトは、未練がましくアルファナのそこにキスを繰り返す。

「これは、駄目なのか」

「ひッ、ンぅっ……！　だ、めっ……！」

「でも、ここを弄ると、アルファナの蜜がたくさん味わえる。……ほら」

ジークヴァルトの言う通りだった。雌芯の尖りを指の腹でつままれ、コリコリと揉まれるのと同じ間隔でアルファナの花弁は甘露を滲ませる。そこは、かたくななアルファナを淫らにさせるスイッチのようだった。

アルファナが止めても、ジークヴァルトはしばらくそこを弄り回し、吸い付き、甘い蜜を啜《すす》ることをやめなかった。

「やっ、嫌っ、アッ、んっ！　言う、こと、を、聞い、て……っ！」

見事な金髪をアルファナに掴まれ、ジークヴァルトはやっとその行為をやめた。アルファナの言う通り、花弁から蜜を啜ることだけに専念する。

「ンー……ぅっ……」

くちゅ……くちゅ……と自分の蜜孔に舌が出入りする感触にも、アルファナはひどく感じてしまっていた。陰核にされるほど強烈な刺激ではないが、とろ火で煮こまれるような快感に、声が出てしまう。

アルファナは自らの口を両手で押さえ、なんとか痴態を最小限に留めようと努力した。

(もう、あんなふうに乱れるのは、嫌……ッ)

アルファナの脳裏に、夜毎繰り返された淫行が蘇る。ジークヴァルトに、ありとあらゆることをされた。

アルファナの肉体にはもう、ジークヴァルトに触れられていない箇所がない。少女の部分だけでなく、恥ずかしい禁忌の孔も暴かれた。

極細の触手で襞の狭間まで蹂躙され、ジークヴァルトの太いもので胎内をいっぱいにされて啼き喘いだ夜の数々を思い起こすだけで、アルファナは達しそうになってしまう。

決して自分で望んだわけではないのに、アルファナの肉体はそのように変えられていた。

ひとしきりアルファナの蜜を味わうと、ジークヴァルトはアルファナに体を重ねてきた。すっかり蕩けた蜜肉に、ジークヴァルトの切っ先が押し当てられる。その瞬間、アルファナのそこは何かを思い出し、期待するように打ち震え、新たな蜜を零した。

「これは、していいのか。駄目なのか」

「……う……く……っ」

言いたくなくて、アルファナはじっと耐える。濡れそぼつ花弁の割れ目に、ジークヴァルトの硬いものが押しつけられている。張り詰めた裏筋でぬりゅぬりゅとこすられて、アルファナのそこは如実《にょじつ》に彼を求めていた。

「ン、あぁっ……！」

アルファナが許可を出すまで、それは続けられるのだろう。彼に悪気はない。焦らすつもりさえないのかも知れない。

（ジークヴァルトが、悪いのよ……あんなに、毎日……っ）

アルファナは目を閉じて、彼を責めた。蕩けて、おかしくなるまで、され続けてきた。アルファナの体は、すっかり変えられてしまった。

こうして愚直に『約束』を守ろうとする彼は、本当にトールそっくりだ。それはアルファナに、初めて愛する人と結ばれた日のことを思い起こさせてしまう。

（トール……）

大好きだったトールとの日々が再び戻ってきたかのような、幸せな錯覚にアルファナは酔った。夢幻に溺れながら、アルファナは自ら秘部に両手を添えた。ぎゅっと唇を引き結び、羞恥に肌を染めながら、紅い秘肉を左右に拡げる。

くぱ……と蜜の糸を引き、開かれたアルファナのそこは、淫らだった。

「そっ、と……ゆっくり、入れ、て……」

　アルファナの言う通り、ジークヴァルトはゆっくりとアルファナの中に自身を押しこんだ。じゅぐりと硬く、太いもので満たされていく感覚に、アルファナが深い息を吐く。

「あ、あぁぁっ……！」

（熱い……）

　アルファナは息を吐き、上手にそれを受け容れた。大きすぎるもので最初から仕込まれたアルファナのそこは、今やすっかり彼のものだ。意識せずとも、上手に吸いつく。

　ジークヴァルトは言われるまま、ゆっくりとアルファナを抱いた。

「はうっ、んん……く、うぅっ……」

　荒淫に慣らされてしまっているアルファナには、本当はそれは焦れったかった。熱く疼く媚肉は、もっと深く、激しくしてほしいと訴えるように彼のものをいざなっている。ジークヴァルトは恐らくそれに気づいていた。

「アルファナ」

「な、に……っ？」

　快感を噛み殺しながら答えるアルファナを、ジークヴァルトが不意に強く抱いた。

「すまない。無理だ」

「……何、が……あ、ンぅうっ!?」

　両手で尻を掴まれ、ぐいと強く引き寄せられて、アルファナは啼いた。

いきなり強く、突き入れられた。焦れていたアルファナの蜜肉が、快感に噎《むせ》ぶようにそれを受け容れる。

「あァッ嫌、ぁあっ！　深、ぃっ……！」

柔毛がこすれあうほど深く、深く突き入れられ、最奥を突き回される。ジークヴァルトはそうすることでアルファナを味わっているかのようだった。

「ふァッ、んんぅ……っ！」

愛液をまとわりつかせて引き抜かれた剛直が、また突き立てられる。ぐぢゅっ、ぐちゅっ、と媚肉が歪むほど強く突き入れられ、引き抜かれ、アルファナは軽く絶頂に達していた。淫らな体が、雄蘂を締め上げる。

「早く、終わらせたほうが、いいか？　俺はゆっくりしたい」

アルファナとは対照的な、冷たい声で彼は言う。

「もっと、こうして、アルファナの中に」

「あ、アッ、だめ、ぇえっ！」

ぬぢゅっ、と卑猥な音がして、また媚肉が掻き混ぜられる。密着しすぎたせいで、外陰部の雌芯まで軽く押し潰され、アルファナは淫欲にもみくちゃにされた。

「アルファナ。答えてくれ」

「知ら、なぃ……っ！」

恥ずかしさに顔を覆い、アルファナははぐらかした。ジークヴァルトがもっとも苦手とする、『解釈』の問題だ。

が、こういう時彼は、迷わないに決まっていた。

アルファナの放つ蜜は、太ももまでねっとりと熱く濡らしている。

「はぅっ……ンンぅっ……」

また突き入れられ、空洞を満たされて、アルファナは背筋をくねらせた。ぱちゅっ、ぱちゅっ、と皮膚が、粘膜がぶつかる音が間断なく響く。

「あァッ、やぁあっ！　いじ、っちゃ、だめ、ぇえっ……！」

中を突かれながらつながっている部分を弄られて、アルファナは彼の肩に爪を立てた。

ジークヴァルトの皮膚は、この程度では傷つかない。

「でも、こうするとアルファナの中は、悦ぶ」

「あ、アァ、んぅっ……！」

「俺のものに吸いついて、もっと奥へ、誘うようにヒクつく」

「ち、違うっ……違う、の、ぉ……っ！」

言い訳にもならない言葉を吐きながら、アルファナは遂に陥落した。四肢をジークヴァルトにしっかりと絡ませ、自ら絶頂を貪り始める。

「ンッ……はぁあっ……」

孕まない、空疎《くうそ》な絶頂に二人が達する。胎内にジークヴァルトの命の源泉を出され、アルファナのそこは満足そうに震えた。

「キス……して」

蕩けた視線で、アルファナに初めてキスをねだられ、ジークヴァルトも平素の冷静さを失った。もはや彼は、アルファナの言うことすら聞かない壊れた人形だった。ただ欲望のままに、アルファナの唇を、体を、貪る。

（好き……ジークヴァルト……好き……っ）

その夜、アルファナは初めてトールではなく、目の前のジークヴァルトを好きだと感じた。

ジークヴァルトと熱くつながりながら、アルファナは夢幻の中へ落ちた。

厚い雲の隙間から、光が射しこむ。スラムではあり得ないはずの景色を、アルファナは見上げていた。

◆◇◆

魔道は、その使用に際して瘴気《しょうき》を発する。魔によって汚れた大地が吐き出す瘴気は天空まで立ち上り、皮膜を作り、日光を遮断した。レムクール城がドーム状の膜で覆われているのは、瘴気を遮断するためだった。

下層民の住むスラムには、無論そんな防護膜はない。瘴気に濁った空気は、みっしりと厚いスモッグを形成し、陽光を遮る。スラムが昼でも薄暗いのは、そのせいだった。

なのに、光が射しこんでいる。生まれた時からスラムで暮らしていたアルファナが、初めて見る光景だった。

「どうして、スラムに光が……？」

隣を歩くジークヴァルトの袖を、アルファナは引っ張って止めた。魔道騎士に身をやつしたジークヴァルトは足を止め、アルファナと同じ方向を見た。

「枢密院の指揮系統が乱れているせいだろう」

「え、え……？　それって……？」

どういう意味？　と聞きかけて、アルファナは一旦、口を閉ざす。ジークヴァルトにそれを聞くのは、まずい気がした。

（枢密院の指揮系統が乱れている、っていうのは、つまり……）

アルファナは、枢密院がどのような組織なのかを具体的には知らない。だから、ジークヴァルトが発する数少ない言葉から、推測するしかない。

枢密院はアルカナ民族を殲滅しようとしている。ずっと、アルカナの敵だった。アルファナはジークヴァルトに、アルカナへの攻撃をやめさせてほしいと頼んだ。あの時ジークヴァルトは確かに「できない」と答えた。

けれど結局、ジークヴァルトはフィーを助けてくれた。彼はなんとか『抜け道』を探して、アルファナの願いを叶えてくれようとしている。

実際、彼は言っていた。『総攻撃を延期する方便を考えている』と。

（もし、そうだとしたら……）

アルファナの胸は、自然に高鳴った。スラムに光が射しこんだのは、間違いなくジークヴァルトの差配だろう。この世界を支配する枢密院の元老たちに、彼は『何か』したに違いない。

それが一体、如何なる策なのかはアルファナには聞けない。刷りこみを施され、記憶領域にまで干渉を受けているジークヴァルトにとって、それは容易いことではないはずだ。

彼は明らかに、禁を犯している。

他でもない、アルファナのために。

（どうしよう……）

ジークヴァルトの腕に摑まったまま、アルファナはスラムを歩いた。あれから彼は、何度もアルファナを連れ出してくれた。そうすると、アルファナが喜ぶからだ。

もしかしたらジークヴァルトは、自分が思っていた以上に、自分のことを愛してくれているのではないか。

そう思い至った瞬間、今さらながらにアルファナは怖くなる。

彼に故国を裏切らせているのは、間違いなく自分だからだ。

（わたしが、自分で望んだことなのに……？）

今さら何を怖れるのかと、アルファナは自分を鼓舞《こぶ》しようとした。ジークヴァルトに囚われた時から、そのつもりだったではないか、と。もともとジークヴァルトは、憎むべき敵だ。彼を利用して、アルカナを救えるのなら、アルファナにとっては願ったり叶ったりであるはずなのだ。

（怖い）

アルファナは無意識に、ジークヴァルトの腕に絡ませた指先に力をこめてしまっていた。

何かが、とても怖かった。

自分で自分の心がわからなくなるのが、怖い。

このままだと、何か取り返しのつかない過ちを犯してしまいそうで。

畢竟、アルファナが今、怖れ始めているのは、自分の変化だった。

アルファナはジークヴァルトの顔を、正視できない。

ゆうべも、抱き合った。

最初の頃のように、犯されたのではない。抱き合ったのだ。アルファナ自身の、意思で。

アルファナの怯懦《きょうだ》に、ジークヴァルトは気づいたのだろう。彼は一旦腕を外させ、自分のほうへアルファナを抱き寄せた。

「大丈夫だ」

低く、強い声で言われて、アルファナは泣きそうになる。今までにはなかった感情だった。彼の腕の中で泣きたくなる、なんて。

「俺がいる。大丈夫だ」

「……ッ……」

何かを言い返そうとして、またアルファナは言葉に詰まる。

こうしてジークヴァルトに抱かれている自分は、他人の目にはどんなふうに映るのだろうかと、アルファナは考えた。きっと、仲睦《なかむつ》まじい夫婦に見えるに違いない。実際、物売りたちはそのように二人に接する。

ジークヴァルトと出かけるのは、楽しかった。屋台で買い物をしたり、遠出してスラム以外の景色を見たりもした。世界は、アルファナが知る以上に広かった。スラムと、今、閉じこめられているレムクール城以外にも世界は存在するのだと、アルファナは初めて知ってしまった。

広い世界を垣間見た時、アルファナは確かに願った。その景色の中に、ジークヴァルトにいてほしいのだと。

(殺してやろうと、思っていたのに)

アルカナ人にとって、民族は家族も同然だ。

だから、それを迫害する『王』なんて、抹殺《まっさつ》するのが当然の存在だったはずなのに。

アルファナは、彼への殺意を喪失してしまった自分が厭《いと》わしく、怖ろしかった。

夕餉の匂いが、バラックが建ち並ぶ街角に漂い始めた。アルファナは、城へ帰る時が迫っているのを察した。いくらジークヴァルトが同行しているとはいえ、外泊までは許されない。

名残惜しそうにスラムに背を向けたアルファナに、ジークヴァルトが尋ねた。

「何か、買い物がしたいのか」

「いいえ。そんなの無理でしょ。お忍びで来ているんだから」

寂しそうにアルファナは微笑む。貧しさに喘ぐ同胞たちの店で買い物ができたらいいと考えたことはあっても、それができないことをアルファナは理解していた。

今日はこのまま城へ帰ろうと決めて踵《きびす》を返したアルファナの目に、光る何かが映った。

鈍い光ではあったが、それはアルファナの心と視線を一瞬で奪った。

「あ……」

呟いて、アルファナは店から少し離れた往来で足を止める。その出店は、スラムには珍しい、装飾品の店だった。

スラムでは装飾品といえばほぼ確実に盗品だが、新しく開かれたばかりのその店に並んでいたのは、粗末な手作りのアクセサリー類だった。そのへんに落ちていそうな銅線や古布を利用して作ったのだろうが、廃品を用いたとは思えないくらい、可愛らしいデザインが揃っている。

アルファナは、花に吸い寄せられる蝶のようにふらりと店に近づいた。

声を発することは許されていないため、布の上に並べられたアクセサリーの数々を無言で見つめる。

店主の男が、陽気な口調でアルファナに話しかけた。

「どうだい、お嬢さん、これなんか似合うぜ。旦那さん、買ってやんなよ」

旦那さん、と呼ばれたのは、アルファナの後ろに影のように佇んでいるジークヴァルトだった。ジークヴァルトは、返事こそしないものの、アクセサリーに見入るアルファナを見ている。

（スラムで、こんなアクセサリーを売る店なんて、生まれて初めて見た……）

アルファナを感動させているのは、ここにアクセサリーを売る店が存在しているという事実だった。

スラムは貧しく、人々は常に奪いあい、争いあっている。貴金属なんて、身につけていたらすぐに強盗に目を付けられるから、誰も目立つ場所では着飾らない。ましてや店を開くなんて、とんでもないことのはずだったのだ。

まるでアルファナの内心を読んだかのように、店主の男が言った。

「どこかの物好きが、食料や衣料をスラムに置いて行ってくれるようになったからな。これでも少しは、豊かになったんだ」

それを聞いて、アルファナは合点した。ジークヴァルトに頼んだスラムへの支援は、功を奏していたのだと。

（ジークヴァルト、一体どれくらいの食料と衣料を置くように指示したの？）

今、ここで聞くわけにはいかないが、アルファナは気になって仕方なかった。

アルファナは、『ほんの少しでもいい』というつもりで、彼にスラムへの支援を頼んだ。飢えている人々の腹が満たされる程度の食料、凍えている人たちが暖を取れるくらいの衣料。それがアルファナの望みだった。というよりも、アルファナにはそれ以上の『贅沢』が思い浮かばなかったのだ。

自分とジークヴァルトの間には、大きな認識の違いがあることにアルファナは気づいていた。ジークヴァルトは、『加減』を知らない。恐らく、否、確実に、スラムの流通経済を変えてしまうほどの食料や衣料を置くように、隠密行動をする私兵たちに指示したに違いない。

（それはそれで、よかったと、思うんだけど……）

アルファナは思案した。

ジークヴァルトにかけられている、アルカナ人を支配する、支配できなければ殲滅するという、悪辣《あくらつ》な呪い。そのインプリンティングさえ解ければ、マグナス人とアルカナ人は、わかりあえるのではないか。

もしかしたら、自分が目指すべきは戦いではなく、そちらなのではないか。

そんな思いが、アルファナの胸を覆う。

アルファナが考え事に耽《ふけ》っているのを、ジークヴァルトは何か、勘違いしたようだった。

彼は小声で、アルファナに聞いた。

「欲しいのか」

アルファナははっとして、首を横に振る。別に欲しい物があるわけではなかった。ただ、感動していただけだ。そう言いたかったが、声は出せない。

ジークヴァルトはそれを、さらに勘違いしたようだった。彼はその長い指で、布の上に並べられている装飾品を指し示した。

「店ごと、全部」

「……‼」

アルファナは慌てて袖を引っ張って、ジークヴァルトの『買い物』を止める。スラムに、そんな買い方をする人間はいない。店ごと奪っていく強盗はいても、金を払ってそんなにたくさんの商品を買う人間はここにはいないのだ。ここで悪目立ちをしてどうするのかと、アルファナは肝《きも》を冷やした。

幸いにして店主は、それを冗談だと受け止めたようだ。

「ははは、旦那さん、真面目な顔して冗談言うんだな。冗談はいいから、一つくらい買ってくれよ。奥さん、さっきからずっと見てるじゃないか。安くしておくぜ」

そこまで言われたら、アルファナはなんだか自分のせいのような気がして、黙って立ち去りにくくなる。ここまで話が進んでしまったら、一つでも買って立ち去ったほうが印象にも残らずに済むのではないか。アルファナはそんなふうに考えた。

アクセサリーなんて買うのは初めてで、アルファナは妙なときめきを覚えた。スラムでの暮らしで、食料や日用品、武器以外を買うことなんてまず、あり得ない。

(レムクール城には宝石もあったけど……こっちのほうが、好き)

アルファナはよくよく吟味して、銅線で作られた指輪を一つ、選んだ。硝子《ガラス》を研磨《けんま》して作られた花模様が宝石のように飾られている、可愛らしい指輪だ。その花は、遠い故国に咲く花だとアルファナは知っていた。アルファナという名は、アルカナの花という意味なのだと亡き母から聞かされていた。

「ほら」

と、店主に金を払ったジークヴァルトがアルファナにそれを手渡す。アルファナは、胸の高鳴りを抑えながら受け取った。

(可愛い……!)

間近で見ると、ますます可愛いデザインだった。こんなに素晴らしい、繊細《せんさい》な細工ができる職人がスラムにもまだいたことに、アルファナは歓喜した。職人たちは皆、徴用され、武器ばかり作らされているはずだった。

(どの指に嵌めよう?)

指輪なんてするのは初めてで、アルファナはその場でそわそわと迷った。

少し考えて彼女はそれを、左手の薬指に嵌めた。その様子を、ジークヴァルトは黙って見ている。

アルファナが指輪を嵌めるのを見届けて、ジークヴァルトは歩き出そうとした。肩を抱かれて歩き出した時、アルファナはつい、言ってしまった。

「あ、あの」

アルファナが何か言いたげだったから、ジークヴァルトも足を止め、彼女を見下ろす。青く偽装した瞳が、アルファナを優しく映していた。

アルファナはまるで、小さな少女のように、恥ずかしがりながら言った。

「あのね。二つ……欲しいの」

「そうか」

いとも簡単に了解して、ジークヴァルトは踵を返し、店に戻る。彼にだけ聞こえるように、小声でアルファナはねだった。

「そっちの……大きいほうの指輪。硝子細工が、ついていないの」

「……？　これは、男物だ。お前には大きすぎると思うが」

ジークヴァルトが不思議がると、店主が耳敏《みみざと》くそれを聞きつけた。

「旦那さん、鈍いね。奥さんはペアリングが欲しいって言ってるんだよ。ね、そうだろ？奥さん」

店主に冷やかされ、アルファナは真っ赤になって俯いてしまう。ジークヴァルトはまだ不思議そうにしていた。

「……これを、買えばいいんだな?」

ジークヴァルトには『ペアリング』の意味がわからない。マグナスには、そういう習慣がないのだ。恋人同士が永遠の愛を誓う時に、おそろいの指輪をする。それはアルカナでは当たり前の慣習だった。

わけがわからないが、とにかくアルファァナの願いならなんでも叶えたいのだろう。ジークヴァルトは言われるままに、男物の指輪を買い、アルファァナに渡そうとした。アルファァナはそんな彼を市場の出口まで引っ張っていき、やっと一呼吸ついた。

(恥ずかしかった……!)

「アルファァナ?」

アルファァナが慌てている理由が、皆目理解できない様子で、ジークヴァルトは突っ立っている。そんな彼の左手首を、アルファァナは突然、摑んだ。

「……?」

突然手首を摑まれて、ジークヴァルトは不思議そうにしている。アルファァナに、敵意や殺意がないことだけは、理解しているのだろう。

「指を開いて」

アルファァナが告げると、ジークヴァルトは軽く握っていた拳を開いた。その左手の薬指に、アルファナは指輪を押しこんだ。

「………？」

ジークヴァルトはそれを、怪訝そうな顔で見下ろしている。アルファナはぷいと横を向き、彼に背中を向けた。

「か、帰るわよっ」

「ああ」

城に帰ることには何も異存はないジークヴァルトは、黙ってアルファナについてくる。が、自分の薬指に嵌められた指輪が、不思議で仕方ないのだろう。歩きながら翳《かざ》して、しきりに見ている。

「アルファナ」

「なに⁉」

恥ずかしさで、アルファナの声は上擦る。

それはアルファナの、たった一つの、小さな夢だった。

トールと――――否、ジークヴァルトと、結婚したい。

おそろいの指輪を身につけて、人々に祝福されたい。

絶対に叶わない夢だと、知っていたから。

アルファナは今、オモチャのような指輪で、それを実行したのだった。

（カイザーに、スラムで売っている銅線の指輪なんて、似合うわけがないけど……）

アルファナの小さな手に、小さな硝子細工で飾られた銅線の指輪はよく似合ったが、ジークヴァルトの美しく、長い指には、そんなちゃちな造りの指輪は似合わなかった。そんなことはアルファナは、最初からわかっていた。けれども、実行したあとで、少し悲しくなった。

「アルファナ」

怒ったように足早に歩いていくアルファナを、もう一度ジークヴァルトが呼ぶ。アルファナは返事もしなかったが、ジークヴァルトは気にしない。

「これは、何かの目印か」

「そうよ」

振り返らずにアルファナは答えた。嘘はついていない。確かに、これは目印だ。恋人同士である、という意味の。

またしてもジークヴァルトは、そんなアルファナの気持ちを裏切った。

「奴隷の証か」

「……そう……よ」

アルファナの細い肩が、がくりと落ちる。確かに、マグナスでは指輪も首輪も奴隷がするものだ。ジークヴァルトは別に間違ったことは言っていない。

アルファナが肯定したから、ジークヴァルトはそれを信じたのだろう。なのに彼は、どこか嬉しそうだった。

「つまり、俺はアルファナの奴隷なんだな」

「そうね。そういうことになるわね」

「でも、アルファナも指輪をするんだな」

「なんとなく、してみたかったの！」

ジークヴァルトから贈られた装飾品は、よほど強要されない限りは身につけなかったアルファナの変化を、ジークヴァルトは訝しんでいるようだ。が、それ以上に彼は、何かを察していた。

「そうか」

もう一度納得したように呟いて、ジークヴァルトはその指輪にそっと唇を寄せた。

馬を預けてある宿屋の近くまで行くと、ジークヴァルトははっとして足を止め、アルファナを引き留めた。

「待て」

「どうしたの？　宿屋に、何か……」

　異変でもあるのかと、アルファナは目を凝らし、耳を欹《そばだ》てる。が、視力も聴力も人間よりずっと優れているマグティカと、同じ音は聞けないし同じ景色は見られない。戸惑いながら、アルファナもジークヴァルトと同じものを感じ取ろうとして神経を尖らせた。

　ジークヴァルトの察知からだいぶ遅れて、アルファナの耳にも喧噪が聞こえた。どうやら宿屋のある集落で、争いが起きているようだった。それも、一人、二人の規模ではない。硝煙《しょうえん》の匂い、怒声、軍靴を踏みならす音。規模の大きい戦闘の気配だった。

「馬は放棄する」

　ジークヴァルトはそう言って、アルファナを抱いてその場を離れようとした。

「待っ……」

　待って、と言いかけて、アルファナは口を噤《つぐ》む。それは、言ってはいけないことだからだ。

（スラムまで連れてきてもらっただけでも、破格の扱いなのに……）

　その上、仲間の安否を確認しに戦闘中の場所へ行きたいだなんて、言えるわけがない。ジークヴァルトを危険に晒すだけだ。

　以前のアルファナだったら、なんとかしてジークヴァルトの目を盗んで逃げ出そうとしただろう。

なのに、今はできない。アルファナは彼を、危険に晒したくないとさえ思っている。

アルファナが俯き、黙りこんでしまったのを、ジークヴァルトは見逃さなかった。宿屋から少し離れた場所で、アルファナを抱きかかえたまま、ジークヴァルトは足を止めた。

「様子を、見てくるか」

「……いいの？」

不安げに、アルファナが彼を見上げる。ジークヴァルトは頷いた。と同時に、魔道装の一部を解いて、瞳を紫に戻す。

騒動を起こしているのがマグナス兵だった場合、フィーを助けた時のように助けに入る心積もりなのだろうとアルファナは察した。

「俺がいれば問題ない」

「……ッ……」

もう一度、アルファナは言葉に詰まる。今度は、別の理由で。

ジークヴァルトは、本当に変わった。

もとより彼は、アルファナの願いを叶えようする癖があった。けれどもそれは、恐らく、インプリンティングの範囲内だったはずだ。

（今のジークヴァルトは……何かが、違う）

アルファナは怖くなった。怖くてたまらないのだ。彼の、変貌が。

アルファナ自身が望んだ変貌だからこそ、アルファナはそれが怖い。

ジークヴァルトに手を引かれ、駆け戻った宿屋は、炎に包まれていた。厩《うまや》につながれていた馬たちは、すべて暴徒と思しき男たちに奪われていた。無闇に殺されるよりはマシな光景だったが、アルファナの胸は痛んだ。馬たちの足元には、マグナス人たちの死体がいくつも転がっていたからだ。

大木の陰に隠れて、アルファナはジークヴァルトとともに暴動の様子を窺う。アルファナの目に入ったのは、同じアルカナ人たちの暴虐だった。

(嘘……どうして……!)

両手で口を押さえ、アルファナは悲鳴と息を殺す。血にまみれた剣や銃を携え、我がもの顔で略奪を続けていたのは、アルファナの仲間たちだったからだ。

先頭に立ち、指示を出していたのは、アルファナの従兄弟で、婚約者でもあるカルヴァンだった。浅黒い肌に、精悍な顔立ちは変わっていなかったが、目つきだけが険しく、まるで猛禽《もうきん》のようだ。その手に誇らしげに握られているのは、紛れもなく、マグナティカ殺しの槍だった。

「カルヴァン。ここはもう奪い尽くした。次へ行こう」

カルヴァンと一番親しい、同じアルカナ人であるカールが、血気逸った顔つきで報告をしているのが聞こえた。カルヴァンは、淡々と答えた。

「子供と女は殺すなよ」

大木の陰でそれを聞いて、アルファナは少しだけ安堵《あんど》した。カルヴァンは変わっていないのだと、信じたかった。アルカナの正義を、アルファナは信じたかった。しかし。

「売れば、高値がつく」

「……！」

次にカルヴァンが発した言葉は、アルファナの胸を引き裂くのにじゅうぶんな内容だった。

（女と子供を、さらって、売るの……？　カルヴァンが……!?）

カルヴァンは、アルファナとともに王族の血筋として指導的立場にあった人物だ。アルファナがいた頃は、略奪や暴行は起きなかった。少なくとも、生きていくのに必要な最低限度のもの以上は、奪わなかった。それがアルカナ教の戒律だったからだ。

けれど今のカルヴァンは違う。人身売買なんて、それこそ憎むべき敵国、マグナスの習慣だ。

カルヴァンの前へ、怯えきったマグナス人の子供と女たちが引きずり出された。カルヴァンは彼らの姿をぐるりと見回したあと、無情に告げた。

「駄目だな。こいつらは売り物にならない」

カルヴァンの言う通り、彼らの身なりは貧しく、痩《や》せていた。一目で病気だとわかる者ばかりだった。マグナスにも貧富の差はあるのだ。同じマグナス人の間でも、人身売買が行われていることはアルファナも知っている。

(だから、わたしたちはマグナスと戦ったのよ……!)

アルカナ教では、すべての悪を禁じていたから。正義のために、アルファナは戦ったつもりだった。カルヴァンだって、同じ気持ちのはずだ。カルヴァンだけでなく、他の仲間たちも。

しかし、現実は容赦がなかった。アルファナの見ている前で、カルヴァンは貧しいマグナス人たちに銃を向けた。

アルファナは咄嗟《とっさ》に、木の陰から身を乗り出し、叫んだ。

「やめて、カルヴァン!」

アルファナの声に、引き金にかけられたカルヴァンの指がびくりと震える。魔道装によって見た目は変えられていたが、声だけは変えられない。その声は、カルヴァンにとっては、最愛の婚約者の声であるはずだ。

「誰だ!」

カールを含む、他のアルカナ人たちが一斉にアルファナのほうへ押し寄せる。ジークヴァルトが後ろで、剣の柄に手をかけるのを感じ取り、アルファナは後ろに手をやった。

「やめて……殺さないで……」

震える声で、アルファナはジークヴァルトに懇願《こんがん》する。本来ならそれは、絶対に聞き入れられない願いだったはずなのに。

ジークヴァルトは、剣の柄から指を離した。

ああ、とアルファナの口から絶望の息が漏れる。

これは、罪だとアルファナは知っていた。自分は、ジークヴァルトに禁を犯させている。一度ならず、何度も。

並み居るアルカナの兵たちを押し退けて、カルヴァンがアルファナに近づく。

「おまえ……まさか……」

アルファナは咄嗟に、ベールで顔を隠したが無駄だった。カルヴァンが、懐からスコープを取り出したからだ。

魔道装を見抜くスコープを、カルヴァンは持っていた。彼がそういう妖しげな道具を、旅人から買い取るのが好きだったことをアルファナは思い出す。

斯くしてアルファナの正体は知れた。

「アルファナ……おまえ、アルファナなのか!?」

戸惑いと歓喜の混じった声で、カルヴァンが叫ぶと、他のアルカナ兵たちも同じように反応した。

「アルファナ……アルファナ姫⁉　まさか……！　マグナス兵に誘拐《ゆうかい》されて、行方不明だったんじゃなかったのか⁉」

「俺にもスコープを見せてくれ！　本当に、アルファナ姫なのか⁉」

万事休す、とアルファナは思った。あれほどまでに再会を願った仲間たちとの邂逅《かいこう》を、喜べない自分がアルファナには厭わしい。

「アルファナ、その男は誰だ⁉　こっちへ来い！」

カルヴァンは、スコープを使ってもジークヴァルトの正体には気づけなかったのだろう。ジークヴァルトの魔道装は、アルファナに施されているものよりずっと高度だ。スラムで入手できる程度のスコープでは見抜かれないし、常識で考えればこんな場所にカイザーがいるはずもないだろうという先入観も彼らの目を濁《にご》らせていた。

が、カルヴァンは気づかなくても、他の者たちは違った。カールが、ジークヴァルトを

「なあ……そいつの目、紫だぜ……」

カール以外のアルカナ兵たちが、怪訝そうな顔をする。だからどうした、という表情だ。彼らはまだ、カイザーの容姿を知らなかった。知っていれば、アルファナがトールをスラ

ムに連れてきた時点で気づくことができただろう。

その『情報』を手に入れていたのは、カールだけだった。

「俺、この前アルカナ兵を捕虜《ほりょ》にした時、拷問《ごうもん》して聞き出したんだよ。カイザーってのはどんなヤツなのかって。そしたらそいつ、紫の目のヤツだって言ったんだ。この世界に、紫色の目をしたヤツはカイザー一人しかいねえって……」

アルファナの背筋が、すっと冷たくなった。ジークヴァルトが瞳の魔道装を解いたのは、アルファナのためだ。アルファナの願いを聞き入れ、マグナス人の暴挙からアルカナ人を助けるためだった。

「違うわ！」

アルファナは昂然と顔を上げ、叫んだ。

「この人は……わたしを買った、奴隷商人よ！　カイザーが、こんな場所にいるわけないじゃない！」

なぜそんなことを、自分が叫んでいるのか。アルファナにだって、理解はできない。この状況は、アルカナを救う、万に一つもない『好機』なのに。

今、自分がするべきことは、ジークヴァルトの手を振り切って、カルヴァンのもとへ走り、彼らとともにジークヴァルト・カイザーを討つことに他ならないのに。

アルファナは、明確に罪を犯した。

ジークヴァルトを庇う、という罪を。

(神様――――!)

アルファナは生まれて初めて、真剣に神に祈った。けれどもアルファナの信じる神は、ジークヴァルトを助けない。ジークヴァルトを殺そうとしているのは、他でもないアルカナ神なのだから。

アルファナはその時、祈るべき神を喪失した。

「アルファナ……おまえ、一体、何を言っているんだ……⁉」

カルヴァンの声が上擦る。当然のことだった。

アルファナの弁明には、矛盾が多すぎる。

「紫の目の人間なんて、カイザー以外にいないだろう! マグナスじゃ、カイザーの真似事をするのは、皇帝侮辱罪で死罪じゃないか!」

「まさかそいつは、死罪をも怖れぬ酔狂だとでも言うのか⁉」

仲間たちから口々に責められ、アルファナは行き詰まる。槍を手にしたカルヴァンが、また一歩、アルファナとジークヴァルトに近づく。

「とにかく、こっちへ来い。アルファナだって、俺たちのもとへ戻りたいだろう?」

アルファナは、否定も肯定もできず、ただ押し黙る。帰りたい。帰りたかった。ずっと、仲間たちが、故郷のスラムが懐かしかった。

もし今ここに、ジークヴァルトがいなければ。

アルファナは迷わずに、仲間のもとへ帰れた。

けれど今、アルファナがそうすることは、ジークヴァルトへの裏切りになる。

ジークヴァルトは、アルファナの願いを叶えたのだ。

(裏切ったって、いいはずなのに)

奇妙な信頼の鎖に、縛られている気がしていた。けれどもそれは、信頼などではないのだと、アルファナはもうわかっている。

好きなのだ。ジークヴァルトのことが。

トールですらない、敵国の、憎むべきカイザーを愛してしまった。

それを認めることは、アルファナには絶望しかもたらさない。

カルヴァンに率いられたアルカナの兵員は、およそ十二人。これくらいの数なら、ジークヴァルトは一人で斬り伏せることができる。だが、懸念材料が一つだけあった。

(通常の武器では、カイザーは殺せないはず、だけど……)

カルヴァンが手にしている、禍々《まがまが》しい色の槍。かつてトールとして暮らしていたジークヴァルトは、アルファナの目の前で、あの槍に背を貫かれて戦闘不能に陥った。生還はしたものの、あの時確かにアルファナは、ジークヴァルトが死んだと思ったくらいだ。

光る槍を見ながらアルファナは、とあることを思い出す。

（あの槍を、スラムに持ちこんだのは……本当に、ただの旅人なの？）

カルヴァンはそれを、旅人から買ったのだと言っていた。だからこそ、その槍の効能をアルファナは疑った。

しかし実際、あの槍はジークヴァルトに深手を負わせたのだ。ただし、槍を放ったのが『誰なのか』は、不明のままだ。

何か、とても大切なことを忘れている気が、アルファナはした。

あの槍がスラムに持ちこまれた時、誰がいた？

旅人の姿は、誰も見ていない。カルヴァンの証言があるだけだ。そして、槍を投擲したのは恐らく、カルヴァンではない。

誰かが、いた。

ジークヴァルト以外に、スラムには本来いないはずの誰かが。

（そんなのは……一人しか……）

アルファナが考え続ける間にも、事態は逼迫《ひっぱく》していく。痺れを切らしたカルヴァンは、アルファナの前に立つジークヴァルトに向かって、神速の勢いで槍を突き出した。

「アルファナを、放せ！」

「待っ……！」

待って、というアルファナの言葉は、どこにも届かなかった。ジークヴァルトは槍をよけなかった。アルファナは最初、自分が後ろにいるせいでジークヴァルトは動けないのかと思ったが、その憶測《おくそく》は恐らく外れていた。

スラムが急襲を受けた時と、同じだった。彼はあの槍で突かれる時、動けないのだ。まるで、氷づけにでもされたかのように。

「やめて――――!」

アルファナは叫ぶのと同時に、身を捩った。アルファナが通常の少女であったのなら、間に合わなかったに違いない。が、アルファナは、かつてはスラムで反乱軍の陣頭に立ち、戦闘に明け暮れていた立場だ。身のこなしは、カルヴァンにも決して劣らない。

アルファナが背後からジークヴァルトを横に突き飛ばしたことで、狙いはかろうじて心臓を逸れた。

槍の切っ先は、ジークヴァルトの左の脇腹を深く抉り、血にまみれた。

「やったか⁉」

「カイザーの血は赤いのか!」

アルカナの兵たちが、口々に叫ぶ。カルヴァンは間髪入れずに二撃目を放とうと身構えた。

(ジークヴァルト……傷は……!)

アルファナは素早く視線を走らせて、ジークヴァルトの傷を確かめた。心臓からは逸れても、深手を負っていることには違いない。

兵の数は多く、目の前にいるカルヴァンはかなりの遣い手だ。このまま逃げおおせられる可能性は、ないに等しいとアルファナは判断した。ジークヴァルトは、燃えるような目をしてカルヴァンを睨んでいる。

（このままでは……ジークヴァルトが、殺される）

アルファナの胸に、様々な思いが去来する。カイザーを葬り去る。これこそが、子供の時から望んでいた光景だったはずなのに。長年アルカナ民族にとって千載一遇《せんざいいちぐう》のチャンスに違いないのに。

今から自分は、卑怯者になる。アルファナはそう覚悟を決めた。

「ありがとう、カルヴァン！　わたしを、助けてくれて！」

明るい口調でそう言って、アルファナは突如、カルヴァンに走り寄り、抱きついた。

その時、ジークヴァルトがどんな顔をしていたのかはわからない。アルファナは、振り向かなかった。

もしこの行為がジークヴァルトの怒りに触れて、後ろから刺し殺されてもアルファナは本望だ。

突然アルファナに飛びこんでこられて、カルヴァンは呆然としつつもその細い体を自分の胸で受け止めた。

アルファナは、今まで誰にも見せたことのない上目遣いで、カルヴァンを見上げる。

「わたし、カイザーに脅されていたのよ、みんなを殺すって」

「あ、ああ、そうだろうとも、わかっていたよ、アルファナ！」

カルヴァンは歓喜した。もともと彼はアルファナに惚《ほ》れており、アルファナの身も心も奪っていったよそ者のトールことジークヴァルトを敵視していた。彼はカイザーだけでなく、すべてのマグナス人を憎んでいる。

最悪だ、とアルファナは、カルヴァンの腕の中で震える。

ごめんなさい、と声には出さずに謝罪して、アルファナはその膂力のすべてで、カルヴァンの持つ槍を奪い取った。

「な……ッ」

カルヴァンが血相を変えた時には、アルファナはすでに槍で突くことができるだけの間合いを取っていた。アルファナは戦士だ。男に生まれていれば、カルヴァンをしのぐ指導者になる自信もあった。

「この人を、殺すなら」

背後にジークヴァルトを庇い、アルファナはまっすぐに、カルヴァンに槍を向けた。

「わたしがあなたを、殺すわ！」

「気でも違ったか、アルファナ！」

カルヴァンが驚くのも当然だった。アルファァナの、マグナスへの敵愾心《てきがいしん》は相当なものだったはずだ。それが今、もっとも憎むべきマグナスのカイザーを、背中に庇っている。ありえないはずのことだった。

「目を覚ませ！　おまえは、騙されているんだ！」

「ジークヴァルトは嘘なんかつかない！」

カルヴァンの説得は、アルファァナの耳には届かない。槍を奪われてしまった以上、アルカナ側の不利は確定していた。

「この……売女《ばいた》！」

アルカナの兵卒が、唾棄《だき》するようにアルファァナに向かって叫んだ。カルヴァンはこの期に及んでもまだアルファァナに未練を残しているようで、アルファァナを責めることもできない。

「く、そ……っ」

歯噛みするカルヴァンの前で、ジークヴァルトが剣を抜く。槍さえ奪い取ってしまえば、ジークヴァルトに弱点はない。手負いでも、彼が本気になればここにいる全員を殺すくらいの力は発揮できる。

撤退を決意したのは、カルヴァンのほうだった。手勢を引き連れ、踵を返す刹那、彼はアルファァナに向かって叫んだ。

「キリエに、気をつけろ！」

「……！」

そうだ、キリエだ、とアルファナの心臓が不穏に鳴った。まるで、見透かされたような気持ちだった。

（カルヴァンも、キリエが怪しいと思っていた……？）

この槍をカルヴァンに与えたのは、キリエなのではないか。アルファナはそう思い始めていた。

アルファナの不安を後押しするように、去り際、カルヴァンは叫び続ける。

「あいつはただの、裏切り者なんかじゃない！　あいつは、遺跡の……！」

そこまでで言葉は途切れた。仲間たちがカルヴァンを抱え、アルファナとジークヴァルトから一刻も早く引き離そうとする。ジークヴァルトの気が変われば、すぐにでも斬り伏せられると知っているからだろう。土埃を舞い散らせ、彼らは遁走《とんそう》した。

アルファナにもそれ以上聞いている余裕はなかった。今は、ジークヴァルトの傷が心配だ。

「ジークヴァルト！　大丈夫!?」

「大丈夫じゃない」

拗ねたような声でジークヴァルトが答える。

「アルファナが、あいつに抱きついた」

「そんなの、どうでもいいでしょう！」

ジークヴァルトの平常ぶりに、アルファナは力が抜けそうだった。

8　蜜夜

早馬を駆り、ジークヴァルトはアルファナを抱え、城に戻った。あれほどの深手を負いながら、彼の動きにはまるで支障がない。そのことが逆にアルファナを不安にさせたが、とにかく今は、一刻も早くスラムを離れ、城に戻りたかった。

今まで、あんなに戻りたいと願っていたスラムだったのに、矛盾している、身勝手だとアルファナ自身も思う。が、今となっては、アルファナにとって一番大切なのはジークヴァルトだ。

「早く、こっちへ！」

城へ着くなり、アルファナはジークヴァルトを寝室へと引っ張っていき、寝台に寝かせた。この部屋には何も、治療器具がない。アルファナが閉じこめられていたこの寝室に出入りできるのは、ジークヴァルトとキリエだけだ。人を呼ぶ方法さえ、アルファナは知らなかった。

「枢密院の魔導師を呼んで！　彼らなら治療できるでしょう⁉」

アルファナはジークヴァルトにそう頼んだが、ジークヴァルトは緩く首を振るだけだった。

「必要ない。死ぬわけじゃない」

「どうして、死なないって保証があるのよ!? こんな、酷い傷……！」

「枢密院の連中を呼べば、また記憶を消されるかも知れない。……彼らには、もうあまり関わりたくない」

「……ッ……」

ジークヴァルトの言葉に、アルファナは声を詰まらせた。記憶を、勝手に消される。記憶は人間の礎《いしずえ》だ。ジークヴァルトはずっと、その礎を奪われ続けてきたのではないか。

アルファナはそう思った。

（何が、カイザーよ……）

アルファナはぎゅっと拳を握った。

これでは本当に、ジークヴァルト自身が言ったように、『魔道人形』ではないか。

大量の出血と抉られた傷口は、アルファナに父母が死んだ時のことを思い起こさせた。

ジークヴァルトは人間ではない。魔道強化を受けた、マグナティカだ。彼の言う通り、人間のように失血死はしないのかも知れないが、だからといって放っておくだけで傷が治るわけでもない。

マグナティカに弱点があるとしたら、傷が自然治癒しないことだった。たとえ死ななくても、弱体化は必至だ。

二人きりの寝室で、アルファナはシーツを裂いて、懸命に彼の傷口を押さえた。効果がないことはわかっていたが、そうせずにはいられない。

(あの槍は、本物だったんだ……)

通常の武器では傷一つつけられないはずのジークヴァルトの脇腹が、深く抉られている。人間なら致命傷になるに違いない深手だ。不死にも等しいカイザーを殺せる武器は、確かに実在したのだった。それこそ、アルカナ民族の悲願であったはずの武器の実在を、今のアルファナは喜べない。

(どうしよう……)

ジークヴァルトの傷口を布で押さえながら、アルファナは泣きそうだった。傷を負っているジークヴァルトよりも、アルファナの顔色のほうが蒼白だ。

(血が、止まらない……)

ジークヴァルトが寝台から起き上がろうとするのを、アルファナははっとして止めた。

「だめ！　動かないで！」

傷を負っても、ジークヴァルトは痛みを感じていないのだろう。が、血液は確実に失われていっている。マグナティカには、生物が本来持つべき、生命維持に対するアラームがついていないのだ。

アルファナにしがみつかれると、ジークヴァルトはあっさりと言うことを聞き入れ、再び寝台にその身を横たえた。白いシーツが、血を吸ってじっとりと濡れている。

ジークヴァルトの胸に顔を伏せ、アルファナは震える声で尋ねた。

「お願い……死ななくても、このままじゃ機能停止してしまうわ。動けなくなる。その前に、枢密院に、連絡を……」

「………他に、方法がないわけではない」

ジークヴァルトの言葉に、アルファナははっとして顔を上げた。

「他に、治療する方法があるの？　だったら、すぐにでも……！」

「言いたくない」

「な……」

ジークヴァルトは顔を横に向け、それきり口を閉ざしてしまう。その強情さに、アルファナは驚いた。

「何を言ってるのよ、怪我人のくせに！　治療しないなんてあり得ないから！」

「………」

ジークヴァルトはそれきり黙りこみ、アルファナがいくら言っても聞かない。本当に、なんて強情なのかとアルファナは頭を抱えたくなった。

「……キリエなら、治せる？」

ふと思いついて、アルファナは聞いてみた。キリエも、魔導師だ。ただ、彼がどのランクの魔導師なのかはわからない。カイザーを修復できるほどの魔道が使えるのかどうかは不明だ。

（キリエを頼るなんて嫌だけど、この状況じゃ仕方がない……）

単純に裏切り者であるだけでなく、キリエのことはなんだか不気味だった。カルヴァンでさえキリエを警戒し始めたのだ。

『キリエに、気をつけろ！』

切迫した言葉だった。カルヴァンは一体、何を言いたかったのか。アルファナは考え続ける。

『あいつはただの、裏切り者なんかじゃない！　あいつは、遺跡の……！』

（遺跡……、遺跡と、言ったのよね？　カルヴァンは）

アルカナ民族の間で遺跡と言えば、一つしかない。スラムの最北に位置する、由来もよくわからぬ古びた建物だ。石造りで、あちこち崩れ落ち、屋根と柱が辛うじて残っている程度の廃墟だった。アルファナはそこで、初めてジークヴァルトと結ばれた。

（キリエが裏切ったことなんて、アルカナ人ならみんな知ってるわ。それをわざわざ、あ
あいう時に言う……？）

カルヴァンが二度、同じことを言ったとは、アルファナには思えない。ならば別の理由があるはずだ。キリエを、警戒しなければならない理由が。

それでも今のアルファナにとって、ジークヴァルトを治療してもらうのに、頼れるのはキリエしかいない。背に腹は替えられぬと、アルファナはもう一度ジークヴァルトに提案した。

ジークヴァルトは、キリエの名前が出た途端ますます不機嫌になった。

「キリエは駄目だ」

「じゃあ、どうするの」

弱い声でアルファナは聞いた。

「このまま……動かなくなってしまうの……？」

アルファナの声は、最後、消え入りそうだった。それを聞いてようやく、ジークヴァルトはアルファナを見る。

「アルファナが、治してくれればいい」

「え……？」

いきなり言われて、アルファナは面食らう。治療できるものならとっくにそうしているが、それができないから焦っていたのだ。

「そんなこと……わたしに、できるの？」

「キリエから聞かなかったか。アルカナ人の血肉や体液は、万能の秘薬だと」

「聞いた、けど……」

またキリエだ、とアルファナは不穏な気持ちになる。確かにキリエは、そんな話をアルファナにした。

『僕たちアルカナ人だけが、マグナティカとの間に子をなす可能性を残しているんだ。それどころか、アルカナ人の体液にはマグナティカの魔道因子の損傷を回復させる、治癒機能まである。素晴らしいだろう？　ますます僕たちの価値が上がる』

「それって、外傷も治せるってことなの……？」

アルファナは目の前のジークヴァルトに尋ねた。ジークヴァルトは首肯した。確かに、魔道因子の損傷を回復させられるなら、外傷を塞ぐことだって可能だろう。

もう一つ、アルファナは思いだしたことがあった。キリエの、言ったことに関して。

『カイザーが、きみを孕ませることはない』

アルファナがジークヴァルトに抱かれても、国母にはならないとキリエは断言した。

『そういう呪いがかけられているのさ』

(あの時は、深く考えなかったけど……)

マグティカの繁殖能力は、著しく減退している。彼らは今、緩やかに滅亡へ向かっているのだ。

マグナティカが滅び、アルカナが生き残る。それは、アルカナにとって『勝利』のはずだった。

(アルカナ人ならマグナティカとの生殖も可能だって言ったくせに、どういうことなのよ)

聞いてもキリエは教えてくれなかったし、あの時はアルファナも深くは追及しなかった。あの時は、ジークヴァルトの子を孕みたいなんて思っていなかったからだ。あの時、彼はまだ紛うことなき『敵』だった。

アルファナはそこで長考を中止した。今は、目の前のジークヴァルトの傷を塞ぐことが先決だった。

アルファナは一旦ジークヴァルトから離れ、着衣を脱ぎ始める。

「み、見ない、で……」

チュニックを脱ぎ、乳房を晒す時、アルファナは思わず紅くなった。下着を脱ぐ勇気はまだない。

「目を、閉じていて……っ」

ジークヴァルトは寝台の上で、肌を晒していくアルファナを見つめている。アルファナは脱いだチュニックで裸身の前を隠し、広いベッドに膝をついて乗った。

体液を与える、とは、即ち性交することだった。血液でもいいのだろうが、それはジークヴァルトが受け容れない。

「わたしの、せいだから……っ」

まるで言い訳するようにアルファナが告げると、ジークヴァルトは拗ねたのか、横を向いた。

「だったら、しなくていい」

「駄目よ！」

「アルファナが嫌なことはしなくていい」

「嫌なんかじゃないわ！」

思わずアルファナが叫ぶ。ジークヴァルトは、もしかしたら傷ついていたのかも知れなかった。アルファナから拒絶され続けたことに。

「枢密院の魔導師に治させる。それでいいだろう」

「駄目！　絶対に駄目！」

最初は自分で枢密院での治療を勧めたくせに、アルファナは態度を一変させた。最初は、枢密院かキリエにしか治療ができないと信じていたから、それを選択しただけだとアルファナは言いたかった。

枢密院にジークヴァルトの身柄を預けたら、また記憶を操作されるのではないか。アルファナはそれを怖れていた。

（だって、思い出が……たくさんできた）

アルファナの指には今、指輪が光っている。ジークヴァルトの指にもだ。消したくない記憶の数々が、二人の間にはあった。ジークヴァルトの心を取り戻したくて、アルファナは懸命に告白した。

「あなたが……好き、なの……」

「知っている」

当たり前のように言いつつ、ジークヴァルトは一度背けた顔をアルファナのほうへ向ける。機嫌が直った証拠だった。

「俺も、アルファナが好きだ」

「枢密院の連中になんか、触らせたく、ないの……っ」

「同じだ。俺も、アルファナを他の奴に触らせたくない」

それ以上言葉が出ず、アルファナはジークヴァルトの上にのしかかった。傷を避け、両手を寝台について、唇を寄せる。

「ン……ッ」

自分からするキスは、初めてではないが、新しい戸惑いをアルファナに教えた。強いられるだけのセックスのほうが多かったアルファナは、いまだにキスにも慣れない。

「……ン、ふ……」

唇が重なり合い、舌が絡み合う。アルファナの好きな、冷たい唇だ。キスの合間に、アルファナは尋ねた。

「これで、治療に、足りる……？」

「足りない」

即答されて、アルファナは恥ずかしがるように俯く。

「じっと、して……」

傷に触れないよう細心の注意を払いながら、アルファナはジークヴァルトの服を脱がせた。傷口を避けて、逞しい胸板に、そっと唇を落とす、少しの躊躇いのあと、アルファナはそっと舌を差し出し、彼の胸板に舌を這わせた。

ふ、とジークヴァルトが微笑む気配が、頭上からした。アルファァナは顔を上げ、彼に尋ねる。

「くすぐったい……?」

「いや」

ジークヴァルトは優しく微笑んで、アルファァナの髪に手を置いた。

「もっと、蜜を」

「……ん……」

長い髪を掻き上げて、アルファァナは愛撫を深くする。体液の摂取とは、経口がいいのか、或いは粘膜の接触のほうが効率がいいのか。聞くべきかどうかアルファァナが迷っている間に、ジークヴァルトの魔手が伸びた。

「ひぁっ……」

アルファァナが上体を伸び上がらせ、首筋に口づけている隙に、ジークヴァルトはアルファァナの下肢に手をやった。後ろから下着を摑まれ、軽く引っ張られて、アルファァナの腰が吊られるように上がる。

「や、やだっ、食いこんじゃ、ぅ……っ」

下着を食いこませた割れ目に、ジークヴァルトの指が忍びこむ。アルファァナのそこは、軽く押し当てられただけで指を呑みこむほど、蕩けていた。

「ふぁ……ンン……ッ」

くぷ……と指が、浅く沈みこむ。長い五指がばらばらに蠢き、アルファナの少女の部分を弄ぶ。太ももで結ばれていた紐が解かれ、下着が落ちた。

「こっちだ」

と、ジークヴァルトは自分の口元を指さした。アルファナの頬に、さっと朱が差す。確かに、そのやり方のほうが『効率』はよさそうだ。

「……ッ……」

アルファナは震えながら膝立ちになり、ずり上がった。アルファナの両膝が、ジークヴァルトの顔の横に来る。アルファナは羞恥に震え、自分の躰を抱きしめるように両腕を回す。

「は……早く、して……ッ」

剝き出しにされた箇所に、痛いほど視線を感じ、アルファナは思わず彼を急かす。ジークヴァルトの指が、アルファナの割れ目に添えられる。まだ初々《ういうい》しい蜜孔を、中指と人差し指でV字の形に拡げられ、アルファナの背筋がびくりと震えた。蜜は、すでに滴るほど溢れている。

「お願、いっ……見ない、で……っ」

アルファナらしくもない、か細い声での懇願だった。泣き濡れたその声は、アルファナの意図とは真逆の効果を生み出す。ジークヴァルトはアルファナのそういう脆《もろ》さに、欲情を隠さない。

たっぷりと時間をかけて視姦《しかん》してから、ジークヴァルトはいよいよアルファナの蜜を堪能し始めた。

「ン、うぅっ……！」

冷たい舌で、熱く蕩けた花弁を舐め上げられて、アルファナは総身を強張らせる。その先は済し崩しだった。ジークヴァルトは、砂漠で迷った旅人が水を飲むかのような熱意で、アルファナの蜜を啜った。

「やっ……あぁ……ンン……ッ」

指で拡げられた花弁の中に、舌が潜りこんでくる。くちっ、くちゅっ、と音をたてて媚肉を舐め回され、アルファナの蜜肉が震える。滴る蜜を舐め尽くすと、ジークヴァルトは新たな蜜を搾るように、アルファナの雌芯を吸った。

「あァッ……ひ……っ！」

アルファナの口から、まるで苦痛に耐えるような声が漏れたが、実際に彼女が耐えているのは淫欲だった。食いしばろうとしても、唇はすぐに解け、甘い息を漏らす。頬は紅潮し、眦には涙が浮かぶ。懸命に膝に力を入れ、ジークヴァルトの愛撫を受け容れてはいるものの、その膝も砕《くだ》けそうだった。ジークヴァルトに何かされるたびに、内腿が痙攣している。

「アルファナは、濡れやすいな」

「い、言わな、ぃ、でっ……あ、ンぅっ……！」

恥ずかしいことを指摘され、アルファナはジークヴァルトの言葉を制した。濡れた淫芽をつままれ、蜜肉を舌で掻き回されながら、アルファナは腰を緩く振った。痺れるような欲情に、頭の芯が、ぼうっとする。

（嫌ッ……奥が、熱い、の……っ）

口唇と指で嬲られている花弁から、下腹の奥にまでこみあげてくる熱に、アルファナは怯えた。アルファナの蜜孔はすでに清純ではない。もっと強く、深い刺激を知ってしまっている。

その身に、長すぎる愛撫はつらかった。

「あ、アアッ……いやっ……嫌、ぁあっ……！」

「嫌なのか。これが？」

言いながらジークヴァルトは、アルファナの蜜肉を指で犯した。長い指で、疼いていた箇所をぬるぬるとこすられて、アルファナはますます強く下腹を痺れさせる。

「ひぁっンぅぅっ……！」

がくん、とアルファナの膝が砕けた。ジークヴァルトは両手でその細腰を支え、口唇だけでアルファナを味わった。

「はぁっ……ン……あぁっ……！」

花弁を吸われ、蜜孔の内側まで舌で抉られて、アルファナはすぐにでも達しそうだった。が、ジークヴァルトはまだ、アルファナをイかせないつもりらしい。蜜だけをひたすら味わい、アルファナが絶頂の予感に震え出すと、途端に愛撫を緩める。

（だめ……っ……我慢、しなきゃ……）

これは、ジークヴァルトの『治療』のためなのだから、とアルファナは懸命に自分に言い聞かせる。淫欲に溺れてはいけない、ジークヴァルトが満足するまで我慢しなければ、と耐えるアルファナは、その肉体の淫らさとは裏腹に禁欲的だった。もとより、ジークヴァルトに出会わなければ、アルファナはずっと禁欲的でいられた。

そういうアルファナの自戒を、ジークヴァルトが容易く打ち砕く。彼の欲望には、際限がなかった。

「あァッ、ひ……!?」

不意に、生身とは違う感触を肉体で察知して、アルファナは目を見開いた。まるで知らない感触ではない。何度か、体験させられた感触だ。

「あ、ぅっ、い、嫌ッ……それ、嫌、ぁっ……」

いつの間にかアルファナの肉体に、ぬめる触手が絡みついていた。魔道姦で用いられる、触手だ。アルファナはそれが苦手だった。

「や、やめ、てっ……それ、怖、い……っ」

「でも、アルファナは」

言いながら、ジークヴァルトは寝台の下から這い出す長い触手を操った。

「このほうがよく、濡らすだろう」

無数に這い出した触手は、ジークヴァルトに愛撫されているアルファナの花弁に集中した。両手が塞がっているカイザーの代わりに、触手たちはアルファナの割れ目を目一杯、拡げてみせる。

「は、ぅっ……ン……ひ……ッ」

剝き出しにされた蜜孔の中にも、外にも、触手が吸いついてくる。やがて触手は、その先端の小さな口をくぱりと開け、アルファナの雌芯に吸いついた。

「ひうぅぅぅっ！」

辛うじて自身を守ってくれていた薄皮も、触手に押し上げられる。淫芽の根元にも、触手が巻きつく。根元を優しく搾り上げられ、突き出すようにさせられた淫欲の尖りを吸われ、アルファナは絶頂に堕ちた。

「あぅっ、ンッ、やっ、あ、あぁぁーッ……！」

泣き喘ぐ声と同じ間隔で、蜜が溢れ出す。ジークヴァルトの望み通りの反応だった。それでもまだ足りないとでも言うように、触手の淫行は激しさを増す。

「だ、だめっ、そんな、に、した、らッ……あぁっ……！」

アルファナは壁に爪を立て、ジークヴァルトに支えられた腰を振って逃げようとする。が、ジークヴァルトの手は少しも緩まない。

太い触手は蛇のようにアルファナの肢体に絡みつき、その豊かな乳房を根元から搾り上げた。押し出された二つの乳首には、細い触手が殺到する。

陰核にされたのと同じように、乳首の付け根が搾られた。押し出されるように突き出した小粒な桜桃にも、触手が吸いつく。

舌を模した触手の先で、ぺろぺろとえげつなく乳頭を舐められ、アルファナの艶声が大きくなる。

触手は、アルファナから蜜を搾ることだけを目的としているようだった。アルファナの躰に、容赦のない淫行が続けられる。

「あッ⁉ は、ぁあっ……！」

アルファナの桜桃が、触手の放つぬめりによってすっかり濡れ光る頃、ジークヴァルトはやり方を変えた。優しく舐め回され、甘い刺激に慣れていた乳嘴《にゅうし》に、今度は強い刺激が走る。

極細の針のように尖らされた触手の先が、アルファナのそこを探るように刺した。つぷ……つぷ……と軽く、ツボを探られるようにつつき回されて、アルファナの唇から透明な雫が溢れる。

「ひァッ、ん、うぅぅっ……！」

その刺激で、また達する。その間にも触手は、瑞々しい肉体の随所を這い回っていた。臍、脇の下、脇腹、内腿。触手は縦横無尽に柔肌を蹂躙し、アルファナが少しでも反応を示した箇所を責めた。

「も、もぅ、やめ、てぇっ……！　変に、なっ……」

絶頂の波が、間を空けずアルファナの躰に押し寄せる。波が引くと、愛撫を強くされる。少しでも刺激に慣れてくれれば、今度は違う箇所を責められる。禁忌の孔まで触手に擽られ、アルファナは羞恥に身悶えた。

「アルファナの体は、どこも可愛い……」

「やっ、だ、めぇぇっ……！」

微細な触手によって、軽く皺を拡げられた箇所にまで指を這わされて、アルファナは涙声で抗議した。ジークヴァルトにその声は届かない。彼は、痛みには配慮しても、快感には配慮しない。

（わたし……全部、おかしく、されてる……）

ジークヴァルトのせいで、体中、どこもおかしくされている。そう思うと、アルファナの下腹の奥はきゅんと切なく疼いた。

性器ではないはずの恥ずかしい孔まで暴かれて、ジークヴァルトのものにされている。その事実が、アルファナの理性を焼いた。

「ひ……ッ……あ……」

熱くぬめる太いものを蜜孔に押し当てられ、アルファナは蕩けた瞳を軽く開いた。それは、ジークヴァルトのものではない。触手だ。

それが、ジークヴァルトが操るそれは、まるでジークヴァルトの写し身のように、彼自身の大きさと形を模していた。

「ふぁっ、ンン……ッ」

蕩けきった蜜孔の入り口を、亀頭を模した触手で探るように抉られて、アルファナの腰は淫らに揺れた。それも、すべてジークヴァルトの目前で行われているのだ。

(だめ……今、そんな、の、入れた……ら……っ)

きっと、すごく淫らに達してしまう。その予感に、アルファナは太ももをきゅっと閉じようとした。ジークヴァルトの顔を跨いでいる体勢では、不可能だったけれど。

やがて太い触手が、アルファナの中に潜りこむ。ずにゅ……と媚肉を押し分けて入ってきたその感触に、アルファナはまた達した。

「あ、ァ、あァーッ……！」

短く啼いて背筋を撓らせるアルファナの花弁に、ジークヴァルトがまた舌を這わせた。自分の分身のようなもので犯させているアルファナの花弁から、蜜を奪うためだ。太いもので目一杯拡げられた花弁は、触手で突かれるたびに、ぷちゅっ、くちゅっ、と淫らに蜜を飛散させる。

「あ、嫌、ぁ、ンッ……！　中、あぁっ……！」

胎内の感じる箇所を、触手の先でちゅくちゅくと優しくこすられて、アルファナの声が甘さを増す。

（これも……ジークヴァルトの一部、なの……？）

身の裡に受け容れたそれを、アルファナは無意識に味わっていた。これもジークヴァルトの一部なのだと思えば、おぞましさは消え、逆に愛しさがこみ上げる。きゅぅっと優しく包むように締めつけると、触手は悦びを示すようにアルファナの蜜肉の中で蠢いた。

「はぅっンッあぁっ……はぁっ……！」

触手による姦淫が、激しさを増す。ぢゅぽっ、ぢゅくっ、と蜜肉を突き上げられ、限界まで淫液を搾られてから、アルファナはやっと解放された。触手は名残惜しそうに淫液を垂らしながら、アルファナの中から出て行った。

「だいぶ、再生した」

「あ……は……ぁぁっ……」

その時にはもう、アルファナの腰はすっかり砕けていた。ジークヴァルトはようやくアルファナのそこから唇を離し、彼女を寝台に横たわらせる。

「は……ぅ、ン……ッ」

太ももを持ち上げられ、本物のジークヴァルトに貫かれて、アルファナは随喜の涙を零す。

「ジーク……好き……っ……ジーク……」

四肢を絡め、自分を受け容れるアルファナに、ジークヴァルトは更なる欲望を煽られたようだった。

ただでさえ太すぎる彼のもので拡げられているアルファナの蜜口に、たった今までそこを占領していた触手を忍ばせる。濡れすぎている蜜花に、無理矢理それが割りこんでくる感触に、アルファナは身悶えた。

「あ、ぅっ、だめ、ぇえっ……！　拡がっ、ちゃぅっ……ぅぅ……！」

「アルファナのここは、美味そうに呑みこんでいる」

ジークヴァルトの言う通り、アルファナのそこは二本に増えた雄蘂を、目一杯頰張っていた。今にも弾けてしまいそうな危うさではあったが、アルファナのそこは健気にそれを快感に変えている。

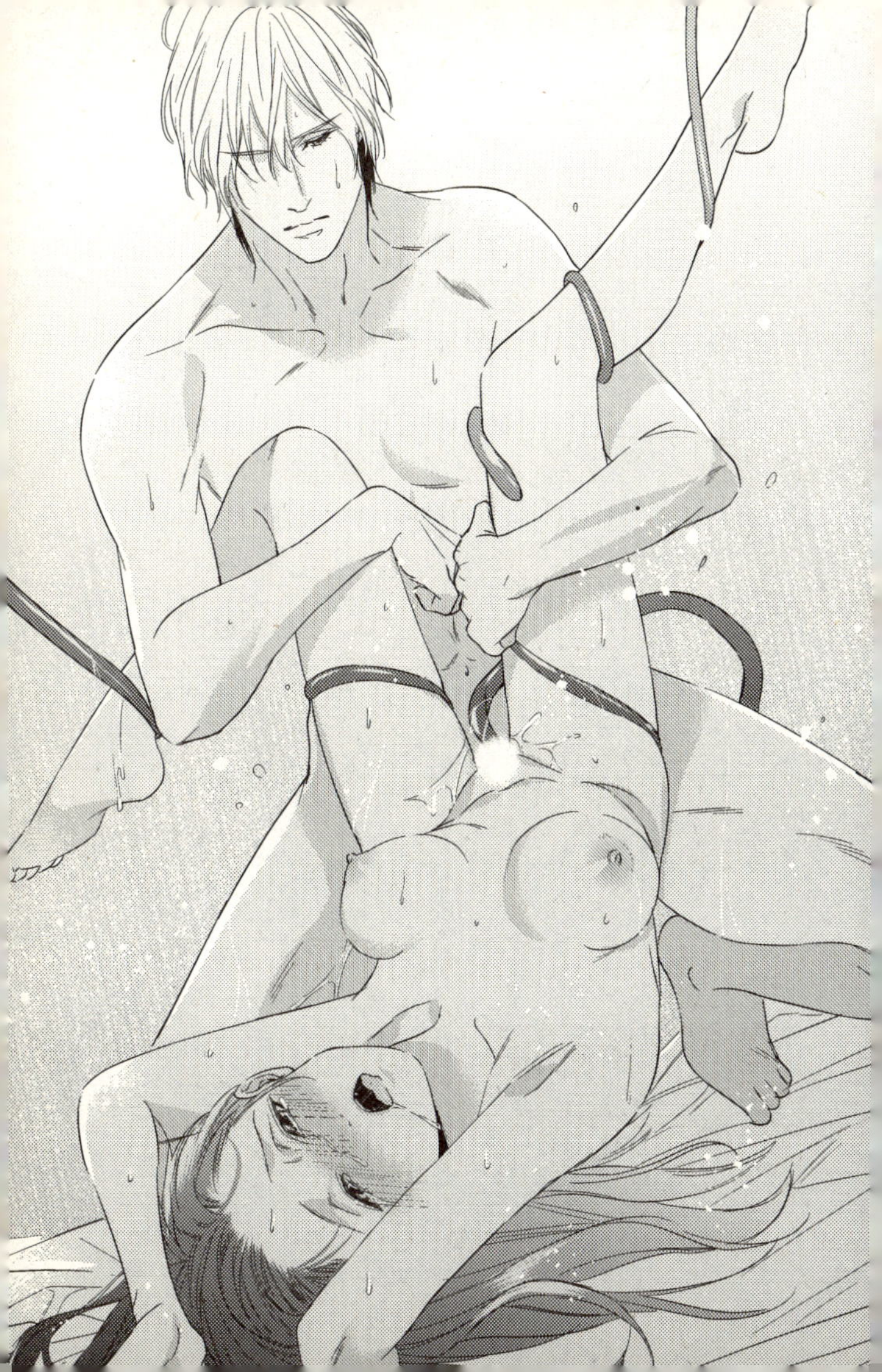

「ひっ……ひぃぃっ……うっ……あぁぁぁっ！」

二本の太いものを交互に出し入れされ、アルファナはまた蜜肉を絶頂させた。

（どうしよう……どうしたら、いいの……）

アルファナは今、肉体のみならず、感情の波濤《はとう》にも揉まれていた。ジークヴァルトへの感情が、止まらない。止められない。

「ジ……ク、の……」

それは、本能が言わせた言葉だった。

「赤ちゃんが、ほしい……」

それを聞いた途端、ジークヴァルトの紫色の瞳が、軽く見開かれた。彼らしくもない、驚いたような表情だった。

「俺も」

と、ジークヴァルトは言った。

「俺も、だ。アルファナに俺の子を生ませたい」

言った後に、ジークヴァルトはアルファナの細腰を強く抱いた。

「あ、あぁぁっ……！」

ジークヴァルトは魔道ではなく、自身の生身だけでアルファナを激しく愛した。触手は取り払われ、アルファナの体はジークヴァルトだけでいっぱいになる。

「んっ、ン、うぅ、ンぅ……っ……ジー……ク……好き……っ……は、アッ、ん、あぁあっ……！」

深く、浅く口付けられながら抱きしめられ、同じ間隔で胎内を突き上げられて、アルファナは幸福の絶頂にいた。ジークヴァルトの子種をその身に注がれるのは初めてではないが、今は、過去とは違った。アルファナは確かに、彼のすべてを受け容れた。

「だめ、えっ……また……っ」

身の裡で、ジークヴァルトのものがまた大きくなるのを感じて、アルファナはふるりと首を振る。その感触が生み出す快感は、少しこすられるだけでも、子宮にまでじぃんと響いた。

ジークヴァルトが、彼なりに遠慮がちにアルファナに許可を求める。

「今度は、もう少し、優しくする」

まだ、したい。まだ足りないのだと、彼の肉体はアルファナに告げていた。

「人間の、ようにする。……だめか？」

「……ん」

アルファナは初めて、困ったように微笑んだ。そういうジークヴァルトを、可愛いとさえ思った。

抱かれている最中、こんなに穏やかな感情が湧き起こるのは、アルファナにとって初めてのことだ。

アルファナの彼の頬に口づけて、許可を与えた。

「いい、わ……」

アルファナの返答を聞き終えるや否や、ジークヴァルトは再び突き上げ始めた。溢れるほど胎内に注がれて、アルファナは随喜の涙を流す。

キリエの言う『呪い』が本当なら、アルファナがジークヴァルトの子を授かることはない。

『呪い』が何を指すのか、アルファナにはわからない。恐らく、ジークヴァルトも知らないだろう。

その果てにあるものが祝福ではなく呪詛《じゅそ》だったとしても、アルファナは構わなかった。

「愛している、と言って」

眠る直前に、アルファナはジークヴァルトにねだった。

「愛している」

ジークヴァルトはアルファナに言われるまま、繰り返した。その声は確かに、感情で彩られているようにアルファナには聞こえた。

(もしも運命が、わたしたちを引き裂いても)

今の想いに偽りはなく、自分はもう、ジークヴァルト以外を愛せないだろうとアルファナは予感した。

「ジークは……もし、わたしがいなくなったら……他の人を、好きになる……？」

アルファナが聞くと、ジークヴァルトは即答した。

「あり得ない」

「ふふ。そう言うと、思った……」

アルファナはどこか、寂しげに笑った。運命を変える、魔法の呪文があればいい。そう願ったことは、何度もある。が、今ほど切実に願ったことはない気がアルファナはした。

「愛しているって、何度でも、言うから」

アルファナの誓いを、ジークヴァルトは真剣な面持ちで聞いている。

「その時は、ジークヴァルトも、同じように言って」

「わかった」

彼はいつでも、真剣だった。アルファナと出会った時に、彼の運命も変わった。

アルファナに教えられた、「愛している」という言葉を、ジークヴァルトは何度も繰り返した。

9　愛別

レムクール城に季節はない。

この城にいると時の流れを忘れてしまいそうだとアルファナは思う。それでもアルファナは、その『異変』には敏感にならざるを得なかった。

アルファナが異変に気づいたのは、それから三日過ぎた頃だった。

ジークヴァルトが、アルファナの部屋を訪れなくなった。

最初の一日、二日は、アルファナも不安をやり過ごした。彼は以前にも、一日、二日くらい訪れないことがあったからだ。

もっとも、その時はアルファナのほうが彼の訪問を拒んでいた時期だったから、今とは事情が違う。今のアルファナはジークヴァルトの来訪を心待ちにしているし、彼のほうもそれを知っているはずだ。

（ジークに、何かあったの……？）

緑に包まれた庭園で、アルファナは今日もジークヴァルトを待ち侘びていた。城の空間は完璧に空調管理されているし、誰も来なくても食料は魔道で動くゴーレムたちが運んでくれる。閉ざされたこのレムクール城で、アルファナは何十年でも一人で生きることができる。そのことに気づいた途端、アルファナはぞっとした。

(それって、一人ぼっちで何十年も生きるってことよね……)

美しい緑。澄んだ水。鳥たちの鳴き交わす声。それらすべてをもってしても、孤独は癒されるものではない。この楽園のような場所に一人きりで取り残されて、アルファナは初めて、ジークヴァルトの気持ちを理解できたような気がした。彼があれほど自分に執着した理由が。

美しい楽園は、無音の監獄《かんごく》に等しい。ゴチャゴチャと人いきれにまみれたスラムのほうが、どれほど暮らしやすかったか、アルファナは実感する。

(ジークヴァルト……早く来て……)

噴水の縁に腰掛け、アルファナはじっとジークヴァルトが現れるのを待った。たかが三日なのに、もう何年も孤独でいるような気がしてならなかった。

かさ、と草を踏む音がした。アルファナは弾かれたように顔を上げる。

「ジークヴァルト!?」

彼が来たのだと、アルファナは信じたかった。が、木陰から現れた人物の姿は、決してアルファナを喜ばせなかった。

「……なんだ。キリエなの」

「きみは本当に正直だね、アルファナ」

苦笑してキリエは肩を竦める。この楽園へ足を踏み入れることができる人間は、ジークヴァルトの他にはキリエしかいない。

「何しに来たのよ」

アルファナはこの男に、決していい感情を抱いてはいない。そもそもアルファナを裏切り、奴隷オークションに売り飛ばしたのはこの男だ。お陰でアルファナはジークヴァルトに再会できたけれど、それさえもキリエの策略のような気がして、気持ちが悪いのだ。

キリエは、いつもの茫洋《ぼうよう》とした笑顔でアルファナに告げた。

「ジークヴァルトからの伝言を伝えに」

「…………」

ジークヴァルトの名前を出されれば、アルファナは聞き入らずにはいられない。そんなアルファナに、キリエは楽しそうに言った。

「きみは、用済みだ。明日、スラムに戻っていい」

「……は？」

アルファナは顔を曇らせた。別にショックを受けたからではない。まるっきり、キリエの言葉を信じていなかったからだ。

「冗談でしょう。ジークヴァルトが、そんなこと言うはずないわ」

信じるわけないじゃないかと、アルファナは横を向いた。どうせいつもの、キリエの嫌がらせだろう、と。

しかし、今日のキリエはいつもと少し違っていた。

「どうして冗談だなんて思うんだい？」

「あなたには関係のないことよ」

ジークヴァルトと自分の間に起こったことは、あくまでも二人だけの関係だ。キリエに何か言われる筋合いはないと、アルファナは言外に告げたつもりだった。キリエの、歪んだ笑いがアルファナの視界の隅に入った。

「冗談だって言うのなら」

思えば彼はいつでも笑っていたと、アルファナは後に思う。ジークヴァルトが無表情であるのと同様に、キリエの表情も一種類しかないのだ。

「きみの存在も、この世界も全部、冗談みたいなものじゃないか」

「何を言っているの？」

「枢密院のお偉方と、きみは会ったことがある？」

突然言われて、アルファナは目を瞬かせる。

「ないわ。あるわけないじゃない」

枢密院の魔導師たちはこの城の奥深くに住んでいて、決して下界に姿を現さない。それはこの世界では子供でも知っている、常識だった。

その常識を、キリエは笑った。

「枢密院なんてものは、存在しないんだよ。アルファナ」

可笑しそうに、彼は空を指さした。

「きみはこの城で、僕とジークヴァルト以外の誰かに会ったことがある？　もちろん、使い魔のゴーレムたちは別だよ。それと、衛兵も別。あれも人間に似せて造ったゴーレムだから」

「何を……言って……」

アルファナの背中に、嫌な汗が浮かぶ。一体、彼は何を言おうとしているのか、と。

「すべては僕の意思だ」

天を指していた指を下ろし、彼は両腕を広げた。

「きみは道化《どうけ》だ。最高級の魔道人形に抱かれて、借り腹にもなれず、呪いを解く道具にしかなれない哀れな道化だよ」

「嘘よ！」

「愛している、と言わなかったかい？　あの冷たい魔道人形は、きみに」

アルファナははっとした。なぜそれをキリエが知っているのか、と。

キリエが続けた。

「あれは僕の最高傑作だけど、所詮は人形だったのさ。魂のない、綺麗なだけの人形。けれど」

喝采を浴びる役者のように、大仰な動きでキリエはアルファナに礼を述べた。

「ありがとう、アルファナ姫。きみのお陰で、人形に魂が宿ったよ。お陰で生殖が可能になった」

「やめて！」

自分の心臓の音がやけに大きく聞こえて、アルファナは怖かった。

冷たい魔道人形と彼を呼んだのは、誰だったか。

アルファナ自身でさえ、一度は彼をそう呼んだのだ。

「おいで、アルファナ」

いざなうように、キリエがアルファナを呼び寄せる。

「ジークヴァルトに会わせてあげる」

アルファナはふらりと、彼の後を追った。

その背中を、なぜ追ってしまったのか。アルファナ自身にもよくわからない。ただ、アルファナはジークヴァルトに会いたかった。それこそ、呪いに囚われたかのように。

塔の最上階に足を踏み入れるのは、アルファナは初めてだった。長い、長い階段を登り詰める。石壁は床までみっしりと苔で覆われ、何百年もの間、未踏であるかに見えた。

塔の最上階の広間に着くと、アルファナはキリエの背中越しに、室内の様子を見た。

そこで行われていたのは、さながら狂宴だった。霧のように立ちこめる靄《もや》の向こうに、辛うじてジークヴァルトの姿が見える。

が、そこにはいたのは、ジークヴァルトだけではなかった。

「ジークヴァルト……！」

思わずアルファナは叫んだ。彼は、多くの女たちに囲まれていた。ジークヴァルトの彫刻のような裸身に、幾つもの白い腕が巻き付いている。

「後宮を持つのはカイザーの仕事だ。きみだって知っていたはずだけど」

「ジークヴァルト！」

キリエの揶揄を無視して、もう一度アルファナは叫ぶ。ジークヴァルトの反応はなかった。彼はただ、紫色の瞳を虚空に向け、女たちにされるがままになっている。

「ジークヴァルトがきみを愛したのは、子孫を残すため。僕にとってそれが必要だから。ただ、それだけだ」

追い討ちをかけるように、キリエが続ける。アルファナはまだ信じられない気持ちでいた。

「どうしてそんなことをするの⁉　子孫なんか、残したいなら自分で勝手に残せばいいじゃない！」

なぜジークヴァルトを、自分を巻きこむようなことをしたのかと難詰《なんきつ》するアルファナに、キリエは両手を挙げてみせた。

「僕には生殖能力がない。ちょっとした事情でね」

「そんなの、あなたくらいの魔導師ならどうとでもできるでしょう」

「きみは無神経だな、アルファナ」

キリエはあくまでも微笑みを絶やさなかった。

「本当に、『ない』んだよ。なんならここで、証拠を見せる？」

笑ったまま言われて、アルファナは後退る。キリエの狂気が、濃度を増したように感じられたからだ。

「僕の恋人は、気性の激しい人でね。僕から生殖能力を奪ってしまったんだ。もう何百年も昔のことだけれどね」

「あ、あなた……」

喉が渇く。アルファナはとにかくここから、逃げ出したかった。ジークヴァルトを連れて、今すぐにでも走り出したかった。

「もともとマグナティカのほうが、奴隷階級だったんだ。奴隷を本気で愛する女主人なんて、いるわけがない。僕は恋人だと思ってたんだけど、違った」

「あなた……もしかして、先帝より長く、生きている……?」

アルファナの予感は当たった。キリエは少し驚いた顔になる。

「アルファナってたまに鋭いよね。そうだよ。先帝レムクールを造ったのも、僕だ」

「あなたは一体、何者なの……!」

「そんなの忘れちゃったよ。少なくともきみたちより、だいぶ長生きしてることだけは確かだけど」

本当に、天気の話でもするように、キリエは茫洋とした口調で言う。実際、彼は『忘れている』のかも知れなかった。

感情も、記憶も、何もかもを。

「僕もジークヴァルトも、冷たい魔道人形だ。人形に『心』なんて、あるはずがないじゃないか」

(全部、造りものだった……?)

その真実はアルファナの心を抉った。

あの言葉も。微笑みも。抱擁《ほうよう》も。全部嘘なのだとしたら。

思を持たない魔道人形だったとしても構わない。彼の子供が欲しいと、アルファナは確かに願っていた。それも今となっては、虚しい願いだ。

日が暮れるまでの間、アルファナは膝を抱えて、じっと蹲《うずくま》った。この先どうするのか、考えるのも億劫《おっくう》だ。

アルファナは、仲間を裏切った。それも、脅されてやむを得ず裏切ったのではない。確信的に裏切ったのだ。『故郷』へはもう帰れない。

（まさか、盗賊になるわけにもいかないし、ね……）

いくら落魄したとはいえ、アルファナにも矜持がある。これ以上亡き父母の名誉を汚すことはしたくなかった。敵国のカイザーを愛してしまっただけでも、じゅうぶん過ぎるほどの罪悪なのだから。

ここで座っていても埒《らち》があかないと、アルファナは重い腰を上げようとした。と、その時、背後でかすかに、石の崩れる音がした。

（誰か、いる……）

同時に人の気配を察知して、アルファナは動きを止める。気づかれないよう、逃げなければいけなかった。ここはすでに、アルカナ民族の縄張りだ。見つかればただでは済まないだろう。

足音を忍ばせて立ち去ろうとしたアルファナの背中に、鋭い声が浴びせられた。

「待て！」

見つかった、と悟った瞬間、アルファナは即座に考えた。このまま走って逃げるか。否、背中から射られる可能性がある。ならば振り返り、素手で戦うしかない。レムクール城から飛び出す時、武器を持ち出す余裕はなかった。

戦う覚悟を決めて振り返ったアルファナの目に飛びこんできたのは、思いもよらぬ人物の顔だった。

「あっ……」

と言ったきり、アルファナも、相手の男も固まったように動かなくなる。先に口を開いたのは、アルファナのほうだった。

「カルヴァン……！」

「アルファナ……どうして、ここに……」

カルヴァンは、戸惑いを顔に浮かべながらゆっくりとアルファナに近づいてきた。咄嗟にアルファナは叫んでいた。

「近寄らないで！」

アルファナに叫ばれ、カルヴァンはぴたりと足を止める。彼を制したまま、アルファナは言った。

「わたしは、裏切り者よ」

「知ってる」

静かな口振りで、カルヴァンは答えた。

「脅されていたんだろう」

「違うわ！」

正直に、アルファナは言った。これ以上仲間を裏切りたくはなかった。

「脅されてなんか、いなかった。わたしは、自分の意思で……」

「言うな！」

アルファナの言葉を、今度はカルヴァンが制する。

「言わないでくれ。聞きたくない」

「……ごめんなさい」

アルファナにはもう、謝る他にない。どんなに言葉を尽くしても、許されるはずもないだろうと信じていた。

「殺されたって文句は言えないわ。むしろ、殺してほしい」

そう言うアルファナに、ゆっくりとカルヴァンが近づいてくる。アルファナは、もう逃げない。

「わたしの首を、みんなの所へ持っていって」

「そんなこと、しない」

カルヴァンの両手が、アルファナの肩に置かれた。温かい手のひらだった。冷えたアルファナの肩に、体温が沁みる。

「俺がみんなに言うから、大丈夫だ。アルファナは、脅されていたんだって。それでいいだろう?」

カルヴァンは、アルファナの婚約者として定められる以前には、従兄弟であり、兄のような存在だった。そういうカルヴァンを愛せなかった自分を、アルファナは責めるしかない。

「帰ってこい。アルファナ」

カルヴァンの言葉に、アルファナはついに涙を溢れさせた。

「ごめんなさい! ごめんなさい、カルヴァン……!」

「いいんだ」

カルヴァンは優しくアルファナを抱きしめた。

「アルファナの代わりはいない。戻ってきてくれるよな?」

「……ッ……」

アルファナは、頷くしかなかった。

許されるはずがないし、許されるべきではないとアルファナ自身、思う。だが、もしもカルヴァンがそれを望むなら、アルファナは生涯を捧げてアルカナ民族のために贖罪《しょくざい》を

するしかない。そう考えた。

カルヴァンに連れられ、スラムへと戻る道すがら、アルファナは彼からキリエについて聞かされた。

「アルファナを騙したのは、キリエだろう」

「そうだけど、どうしてカルヴァンはそれを知っているの？」

「遺跡にな、あいつの痕跡があった」

カルヴァンは不気味そうに言った。

「あの遺跡、何か、船みたいのが埋まってるんだよ。途中までしか掘り起こせないけど。そこに、変な鏡みたいなのがあって」

カルヴァンはまるで、化け物の話でもするように顔を歪めていた。

「キリエが映っていた。おかしいだろ？　長老も由来を知らないような古い遺跡に、どうしてキリエのことが記録されてるんだよ。マグナスの古代文字なんて、俺たちには解読できないけど。あいつ、おかしいぜ」

「そう……だったの」

遺跡を掘り起こそうなんて、発想自体がアルファナにはなかった。アルファナがそう言うと、カルヴァンは謙遜《けんそん》してみせた。

「俺だって、スラムが焼け落ちなかったら発掘なんかしなかったぜ。長老が言ったんだ。

何か使える物があるかも知れないから、掘ってみろってな」

それからカルヴァンは、俯いた。

「アルファナを見捨てて、俺が逃げたのは事実だ。……ごめんな、アルファナ」

「そんなこと……いいのよ」

アルファナはゆっくりと首を振った。仲間が生きていてくれた、そのことだけでも嬉しいのだから、と。

カルヴァンは、キリエについての話に戻った。

「キリエは、三百年以上生きてるカイザーより長生きしてるってことだろう。この世界に、それだけ長い間巣くってるってことだよ。不気味じゃないか」

(ジークヴァルト……このまま城に残って、平気なの……？)

キリエの正体について知れば知るほど、アルファナは城に置き去りにしてしまったジークヴァルトのことが今さらながらに気になり始める。

キリエは、ジークヴァルトをどうするつもりなのか。殺しそうな気配はなかったが、しかし。

(生きていて……ジークヴァルト)

アルファナは目を閉じて、彼の幸福を祈った。

もう会えないけれど。

会えなくてもアルファナは、ジークヴァルトには幸福でいて欲しかった。

10　夜の語り部

それからしばらくは、平穏な日々が過ぎた。大規模な戦闘もない。仲間たちは最初、決してアルファァナを歓迎しなかったが、徐々に慣れた。

カルヴァンの言う通り、アルファァナの代わりはいないのだ。純血の王族はもはやアルファァナ一人しかいない。民族の継続のためにも、彼らはアルファァナを無下に扱うわけにはいかなかった。ましてやアルファァナには、アルカナを率いるカルヴァンの後ろ盾もある。アルファァナが帰郷したことに、誰も何も言えなかった。

アルファァナは再び、カルヴァンと婚約した。アルファァナの二十歳の誕生日が、十日後に迫ってきている。その日に二人は正式に婚姻を交わすことになった。アルファァナが、ジークヴァルト以外の男の妻になる日だ。

（これで、よかったんだわ。元に戻っただけ……）

少しでも汚名を返上できるよう、アルファァナは努力した。以前と同じように、否、以前より睡眠時間を削って、アルカナのスラムのために働いた。

睡眠時間を削ったのには、本当は別の理由もあった。カルヴァンから逃げたかったからだ。

(ごめんなさい、カルヴァン)

もはや婚約から逃げおおせられる立場ではないことはわかっていても、今はまだ、アルファナはカルヴァンに抱かれたくなかった。せめて正式な婚姻の日までは待ってほしいと、アルファナはカルヴァンに頼んだ。女には不自由していないカルヴァンは、それを受け容れてくれた。

その夜もアルファナは、警備のためスラムの奥深くに向かう。以前急襲を受けた時のような悲劇を防ぐためだった。

「異常なし、と」

スラムを一周する頃には、すっかり夜も更けていた。みんな、寝静まっている頃だろう。夜警は通常、二人一組でするものだが、カルヴァンがいくら許してもアルファナを快く思わない者は潜在している。今のアルファナには、一人でいるほうが安全だし、心地よかった。

(自業自得《じごうじとく》だもの。仕方ないわ)

アルカナの仲間たちを恨む気持ちは、アルファナにはない。ジークヴァルトを愛してしまったのは、自分のわがままだったのだとアルファナは最初からわかっていた。

それでもジークヴァルトを愛したことに、悔いはない。

疲れた体を引きずって、アジトへ戻ろうとしたその時。アルファナは、堆く詰まれた廃棄物の陰に、人影が蠢くのを見つけた。

「誰⁉」

鋭く誰何《すいか》し、アルファナは剣を抜く。スラムには侵入者、流れ者が多い。その中に、マグナスのスパイが紛れ込んでいないか、確かめるのがアルファナの責務だった。

人の形をしたそれは、襤褸《ぼろ》切れを頭からかぶっており、顔は見えない。が、腰が曲がったその小さな姿は、老婆のように見えた。

「斬られたくなければ、顔を見せなさい」

アルファナが威嚇《いかく》すると、老婆らしき女は顔を覆う布を下ろし、アルファナに向かって深く頭を下げた。

「お許しを」

手に持っていた松明《たいまつ》で老婆の顔を照らしてみて、アルファナは驚いた。てっきり老婆だと思っていたが、女は存外、若かった。顔の半分は焼け爛れ、原形を留めてはいないが、半分は無傷のままで、美しかった。声も若々しく、澄んでいる。

「見逃して下さい」

もう一度、女はアルファナに嘆願《たんがん》した。彼女が女であり、武器を持っていないこと、ま

た、小さく弱々しく見えたことから、アルファナは彼女を見逃すことにした。

「わかったわ。でも、このスラムからは出て行って。今、ここではよそ者は一切受け容れない決まりになっているの」

それを言う時、アルファナの胸は痛んだ。以前のアルファナだったら、行き倒れている人を見れば助けられるだけ助けた。けれども今はもう、それはできない。自分の行いこそが仲間たちに厄災を呼び込んだのだと、アルファナは思っている。

女はぺこりと頭を下げて、その場から立ち去ろうとした。あちこち陥没した石畳を、よろけながらゆっくりと歩く女の後ろ姿に、アルファナはつい、声をかけてしまう。

「待って」

何か咎《とが》められると思ったのだろう。女の肩が、びくりと震える。アルファナは、彼女を怯えさせないように小さな声で告げた。

「携帯食料。一つしか、あげられないけど……」

ゆっくりと彼女の前へ回り込み、アルファナは小さな固形食料を彼女に差し出した。女は暫しの逡巡の後、それを受け取った。

「ありがとう」

小首を傾げて礼を述べる彼女の顔を間近で見て、アルファナははっとした。彼女は、純血のアルカナ人そのものの特徴を有していた。右目は潰れてしまっているが、残されてい

る左目は、輝くような琥珀色だ。襤褸布からはみ出した髪も黒く、艶やかだ。

（なんて、綺麗な人……）

アルファナでさえ息を呑む美女が、そこにいた。アルカナ人の女には高値がつく。もしかしたら彼女は、アルファナがかつてされたようにマグナスの悪趣味な金持ちに買われた後、何かの理由で顔の半分を焼かれ、放逐されたのではないか。そう考えたらいてもたってもいられず、アルファナはつい、彼女に提案した。

「あなた、アルカナ人ではないの？　だったら、アルカナのアジトに来なさい」

「いいえ。わたしはアルカナを捨てた女ですから」

「でも……」

言いかけた言葉を、アルファナは呑みこんだ。『アルカナを捨てた』という彼女の言葉が、胸に刺さった。

アルファナも一度はアルカナを捨てたのだ。

アルファナがじっと押し黙ると、女は優雅に微笑んだ。

「お水も下さる？　一口でいいの」

「全部飲んで」

二つ返事でアルファナは水筒を差し出す。水だけはいい井戸が掘り当てられて、確保できるようになった。けれどもその場所を知るのは、アルカナ人だけだ。不特定多数に知ら

れたら、諍いの種になる。

女は慎ましく、一口だけ飲んで水筒をアルファナに返した。

「ありがとう。美味しゅうございました」

鈴の音のように涼やかな美声で、彼女は礼を言う。一体如何なる理由で顔を焼かれたのかはわからないが、物腰と声から、大変な美女だったのではないかとアルファナは想像した。

(姫って、本当だったらこういう人のことを言うんじゃないかしら。それに比べて、わたしは……)

ジークヴァルトにもずいぶんきつく当たったことを思い出し、アルファナは自分が恥ずかしくなる。

「いいえ。これくらいしか……」

言い淀むアルファナに、女は突然、言った。

「あなたも、何かから逃げているの?」

「えっ……」

アルファナはどきりとして彼女を凝視した。アルファナは今、何かから逃げるような素振りは見せていない。立ち止まっているだけだ。なのにアルファナは、見透かされたような気がした。

自分が、『何か』から逃げていることを。

「ふふ。わたし、目は見えないけど、そういうのはわかるのよ」

「あなた、盲目なの？」

潰れていない女の左目は澄んで、真っ直ぐにアルファナを見つめている。とても、盲目には見えない。

「世界中を彷徨って、三百年。いえ、もっと時間が経ったかしら。その間、誰もわたしを顧みてはくれなかったわ」

「………………」

アルファナは思わず、彼女の話に聞き入る。通常の精神で考えれば、正気とも思えない作り話のようだ。が、アルファナはすでに、常識の埒外を見せつけられたあとだった。ジークヴァルトと、キリエによって。

「美味しいお水と食べ物のお礼に、昔話をしてあげましょう」

女は、まるで弾き語りをする旅人のように語り始めた。

「先帝レムクールと、その寵姫のお話よ」

「……それ、すごく聞きたいわ」

アルファナは女を、空いているバラックの中へ連れて行き、自分の外套を敷物の代わりにして座らせた。落ち着ける場所に移動したことで、女の口はますますなめらかになる。

「先帝レムクールが愛したのは、安物の、Fランクのマグナティカだった。先帝は、アルカナ人を娶《めと》らなければならなかったのに」

「誰がそんなことを決めたの？」

アルファナがつい口を挟むと、女はたおやかな仕草で答えた。

「不死の魔法使いよ。今でもお城の塔にいるでしょう。三ヵ月くらい前に、どこかのスラムで見かけたけれど」

「それって……」

キリエのことかとアルファナは思ったが、口には出さない。この女の正体は、何者なのか。ただの虚構である可能性だって、じゅうぶんあるのだ。

なのにアルファナが彼女から離れられないのは、顔を半分焼かれていても、彼女が美しすぎるからかも知れない。

「先帝レムクールは、愛してはいけない女を愛してしまったから、不死の魔法使いに弑されたの」

「先帝は、魔道人形ではなかったってこと……？」

恐る恐るアルファナが聞くと、女はにっこりと微笑んだ。

「魔道人形よ。でも、人形ではなくなってしまった。恋をしたから」

それは即ち、先帝にも『心』があったということではないか。アルファナは、冷えた体

に血が巡るのを感じた。

魂のない魔道人形。キリエはジークヴァルトを、そう評した。アルファナも一度はそれを信じた。けれど。

(先帝だけが例外……では、ないんじゃないの?)

先帝もジークヴァルトも、キリエによって造られたのだとしたら。ジークヴァルトも、同じなのではないか。だとしたら、ジークヴァルトの自分への熱情は、本物と言えるのではないか。

一度は振り切ったはずの熱情が蘇りそうで、アルファナは恐ろしくなる。アルファナは、確かに逃げていた。ジークヴァルトへの想いから。

半分焼けた顔を、襤褸布で隠しながら彼女は続けた。

「皮肉なものね。愛を信じない不死の魔法使いが造ったお人形さんは、恋をしないと繁殖できないの。一度でも恋を知れば、そのあとは繁殖できるようになるけれどね。だから、『わたし』はもう、用済み」

「あ、あなたは……」

先帝が恋をした安物のマグナティカとは、彼女自身のことではないか。アルファナにはそうとしか思えなくなった。彼女の魅力は、皇帝の心を摑むのにじゅうぶん過ぎるように見受けられた。

「でも、あなたはアルカナ人……よね？」

アルファナは矛盾に気づいて指摘した。彼女の話では、先帝レムクールが愛した女はFランクのマグナティカだったはずだ。

すると彼女は、自分の焼けた顔に指を添え、言った。

「わたしも『魔道人形』よ。わたしのすべては造り物で、幻」

ああ……とアルファナの口から、溜め息が漏れた。造り物でも、彼女は美しかった。ジークヴァルトが美しかったのと、同じだ。造り物であるか否かなんて、関係ない。彼らには確かに、『心』がある。

それから先はとりとめのない話をした。初めて会った相手なのに、不思議なほどアルファナは彼女に惹かれた。まるで、母か姉といるような気持ちになる。

彼女の肩に凭れ、いつしかアルファナは眠りに落ちた。


「ん……」

眩い朝日に網膜を刺激され、アルファナは目を覚ました。一瞬寝ぼけて、アルファナはなぜ自分がバラックで寝ているのかわからなかった。が、すぐにゆうべのことを思い出し、

アルファナは彼女の姿を捜す。

「どこへ行ったの？」

アルファナの肩には、彼女が纏っていた襤褸布がかけられていた。まだぬくもりが残っている。なのに彼女の姿は、どこにも見えない。

アルファナはバラックの外に飛び出し、彼女の姿を捜し求めた。名前も知らない、語り部。そんなに速く歩けるはずもないのに、彼女の姿は朝霧に溶けこんだように、どこにも見えなかった。

（わたし、夢を見ていた……？）

そんなはずはない、とアルファナは自分の考えを打ち消す。襤褸布という証拠もある。けれどもアルファナは、彼女がこの世の人間であるという気がしなかった。

（だけど、なんだか懐かしかった）

彼女の辿った運命が、自分とよく似たものだったとしたら、アルファナには心強い。それに彼女は、皇帝に心があることを教えてくれた。

もしもあれが夢でないのなら。

アルファナは、拳を固めた。

（わたし……ジークヴァルトを、取り戻せる……？）

そんな希望が胸に湧いた、瞬間。

スラムの中心部で、爆発音がした。

アルファナは鼓膜を守るために両手で耳を塞ぎ、その場にしゃがむ。爆発音が落ち着くのを待って、白煙の上がる中心部へと走った。スラムから、火の手が上がっていた。

（またなの……⁉）

また、故郷を奪われる。築き上げたささやかな生活を、全部壊される。その運命だけは、未だ色濃くアルカナ民族につきまとっているようだった。


爆発の現場に駆けつけたアルファナは、予想外の光景に目を瞠る。スラムの中心部、普段はマーケットが建ち並ぶ広場で、虐殺が繰り広げられていた。そこまでは想定内だ。

アルファナを驚かせたのは、虐殺している側がアルカナ人で、今まさに、羊のように殺されようとしているのがマグナス兵であるという事実だった。

マグナス兵たちは、恥も外聞もかなぐり捨てて命乞いをしていた。

「助けてくれえ！　死にたくない！」

「どうして、マグナス兵が……」

アルファナは、今まさに処刑を執行しようとしているアルカナ人の中に、カルヴァンの

姿を見つけ、駆け寄った。

「カルヴァン！　これは、一体どういう……」

「ぎゃっ！」

アルファナの問いは、マグナス兵の悲鳴に掻き消された。廃材で作られた槍が、マグナス兵の眼球に突き刺さる。アルファナは目を背けた。

それが呼び水となったように、あちこちで虐殺が激化する。止めようとするアルファナに、カルヴァンが興奮した口調で告げた。

「喜べ、アルファナ！　形勢逆転だ！」

「何を言っているのよ！」

カルヴァンに、アルファナの怒りは通じない。彼は酷く興奮している様子だった。

「マグナス兵が、弱体化してるんだよ！　まるで病気のガキみてえな力しか出せない上に、魔道も使えやしない。アルカナ神が、やつらに天罰を与えたんだ！」

アルファナは、ここ数日のカルヴァンが何やらそわそわしていたことを思い出す。彼の興奮の理由は、まさにこれだったのだろう。この虐殺は、計画されたものであったはずだ。アルファナは何も、知らされていなかった。

長い歴史によって宿命付けられた立場が、今、完全に逆転した。殺す者。殺される者。助けを求めるマグナス人たちを、アルカナ人が突き殺す。或いは、斬り殺す。縊《くび》り殺す。

それらを嬉々として行うアルカナ人たちは、もはやアルファァナの愛した故郷の人々ではなかった。

「た、助け……」

「誰が助けるか！」

ざくっ、と肉を裂く音をたてて、マグナス兵の腹が抉れられる。アルファァナは、槍を持つアルカナ人の男の肩を摑んだ。

「やめて！」

「うるせえ、邪魔するな！　こいつらマグナス兵は、俺の家族を殺した！」

「だけど、これじゃあわたしたちも、マグナス人と同じになっちゃうじゃない！」

アルカナ教は不殺を説いていたはずだと、いくら言ってももう誰の耳にも届かなかった。

マグナスに対する積年の恨みが、今、爆発していた。

アルファァナはカルヴァンに、人身売買はやめさせたが、もしかしたら彼はそのことを不満に思っていたのかもしれなかった。今の彼の目は血走り、狂気を湛えている。

「連れて行け」

カルヴァンは、部下に命じてアルファァナを連れて行かせようとした。

「アルファァナ。おまえは優しいし、正しいよ。そのままでいてくれ」

カルヴァンは、優しく微笑んだ。

「こういうのは、男の仕事だ」

そういう問題ではないと、アルファナが叫ぼうとしたその時。

天空から、槍が飛来した。アルファナは強い既視感を覚える。知っている。この光景を。

「カルヴァン————！」

あの日。ジークヴァルトの胸を貫いたのと同じ槍が、カルヴァンを串刺しにした。心臓に一撃。カルヴァンは、焚《た》き火にくべられる焼き魚のように石畳に串刺しにされ、何度か全身を痙攣させたあと、絶命した。

今、彼を貫いている槍は、確かにカルヴァンが手に入れた魔槍のはずなのに。カルヴァンの手にもまた、同じ槍が握られているのだ。

(槍は、他にもあったの……!?)

「これが、きみたちが望んだ光景だろう？」

呆然としているアルファナの頭上から、声がした。忘れたくても忘れられない、キリエの声だ。

アルファナは昂然と顔を上げ、茶色く煤けた建物の上に立つキリエを睨む。その隣にジークヴァルトの姿を見つけ、アルファナは彼の名を呼んだ。

「ジークヴァルト！」

返事はない。ジークヴァルトは、冷たい紫色の瞳でアルファナを見下ろすだけだ。

やはり彼には『心』がないのではないか。そんな不安に駆られるほど、彼の顔には表情がない。

（違うわ。ジークヴァルトは……）

もともと無表情だったと、アルファナは思い直す。それが彼の『性格』なのだと理解するまで、アルファナだって誤解していた。

「ジークヴァルトを返してよ！　キリエ！」

アルファナはキリエに向かって叫んだ。キリエが聞いている様子はない。

「リセットだよ。原始に戻すんだ」

「リセットって何よ！　自分だってマグナティカなのに⁉」

「だからさ」

スラムにいた時から、キリエは温厚で、いつも笑っていた。彼には笑顔以外の表情がない。

「母さんは、僕がマグナティカに生まれ変わって、完璧になれば愛してくれるって言ったのに。母さんは、嘘つきだった。むしろ、母さんのほうがマグナティカになるべきだったんだってその時僕は気づいた。完璧に生まれ変われば、僕を愛してくれるだろう？」

独白のように語り続けるキリエの様子に、アルファナは背筋を凍らせる。

「それでも駄目だった。だから僕は実験し続けた。どうにかして、思い通りの『お人形』

が作れないかなって」

「それが……ジークヴァルトだって言うの……？」

「先帝レムクールは失敗した。レムクールは、よりにもよって『失敗作』なんかを愛してしまった。だから首をすげ替えた。ついでに、女のほうはレプリカのマグナティカにしてやったよ。見た目だけはアルカナ人にして、中身はマグナティカ。永遠に死ねない、孤独なマグナティカだ」

僕と同じだ、とキリエは嗤った。

（恋人の気性が激しくて、去勢された、っていうのは……）

その真偽については、アルファナは怖くて聞けなかった。聞きたくなかった。恋人。母親。それは別人のことを言っているのか。或いは……。

「みんな木偶だ。ただの魔道人形だ。人を愛する機能なんか、ついていない」

だって誰も僕を愛さなかったじゃないかと、キリエは笑顔のまま言った。

「嘘よ」

アルファナは反論した。

「ジークヴァルトは人形なんかじゃない！　わたしは、欠点だらけのただの人間のまま、彼に愛されたわ！」

「僕が操っていたんだよ」

「違う！」

確証など何もないはずなのに、アルファナは確信していた。ジークヴァルトと愛し合った日々は、嘘ではないのだと。ゆうべともに過ごした語り部の女が、アルファナに不思議な力を与えてくれているようだった。

「ジークヴァルトが僕の傀儡《かいらい》だって、どうして認めないの？」

「認めたら、ジークヴァルトを否定することになるじゃない！」

「気にしなくていいよ。彼には何もわからないから」

「わたしを愛した彼の心が、『造り物で偽り』だなんて決めつけるのは、許さない！」

それはジークヴァルトに対する侮辱だ。アルファナがそう言い募ると、キリエは面倒くさそうに頭を掻いた。

「もういいよ。面倒だ」

キリエの手が、かざされる。その手が振り下ろされた時、世界は終わるのだろうと誰もが予想した。

アルファナは、キリエの背後に佇むジークヴァルトを呼んだ。

「ジークヴァルト！」

「…………」

反応はない。ジークヴァルトは確かにキリエが言った通り、木偶のように見える。

けれどアルファァナはもう、誰よりも彼を知っているのだ。彼のすべてを。

アルファァナはすでに、ジークヴァルトに解放の呪文を教えている。解放されたのは、ジークヴァルトだけではない。アルファァナもまた、ジークヴァルトによって解放されたのだ。幾夜もかけて、互いに刻みあった。

先帝レムクールと、『彼女』もそうだったのだろう。笑わせる、とアルファァナはキリエを憐れんだ。先帝を殺すしかなかったのだと、キリエはまさに自白した。

愛を知ったマグナティィカは、もう二度と木偶には戻せないのだと、創造主たるキリエが自ら言ったのだ。

万感の思いをこめて、アルファァナは愛を口にする。

「愛しているわ」

瞬間、ジークヴァルトの肩が震えた。

瞳に、感情の色が灯る。

愛してると、何度も誓い合った。

解放の呪文は、確かに二人の間に共有されていた。

「わたしを愛しているなら、わたしを、奪いに来て！」

キリエの放つ槍が、アルファァナの胸に向かって飛び立つ。アルファァナは目を閉じ、両手を広げた。すべてを受け容れるように。

アルファナの胸に、その切っ先が触れようとした、その時。

金色の風が吹いた。ジークヴァルトの髪が、神速で揺れた。

次の瞬間、アルファナの体はジークヴァルトの腕の中に収められていた。ジークヴァルトの額には、うっすらと汗が滲んでいる。まるで人間のような汗が。

その汗にアルファナは、指で触れる。彼の、何もかもが愛しかった。

「何度生まれ変わっても、あなたが好き」

「無茶を、する……」

ジークヴァルトはアルファナを抱きしめ、その髪を撫でた。アルファナが初めて聞く、ジークヴァルトの焦燥《しょうそう》の声だ。

アルファナが叫んだのは、解放の呪文だった。図らずもアルファナが彼に教えてしまった呪文だ。

愛している、という呪文。

「また忘れてしまっても、いいの」

甘く、蕩けそうな笑顔で、それでいて泣きそうな声で、アルファナは彼の心を解きほぐす。

「何度でも、わたしを思い出して。愛している、とわたしが言うから……」

「俺も誓う。アルファナ。愛している、と」

ジークヴァルトの手のひらが、アルファァナの髪を撫でる。人間を超越した力を持ちながら、ジークヴァルトはアルファァナの前でだけはただの男のようだった。そういうジークヴァルトを、アルファァナは愛した。

二人は同時に振り返り、頭上の敵を見上げた。

「負ける気がしないわよ、キリエ」

アルファァナの宣戦布告に、キリエが顔を歪める。キリエの顔から、初めて笑みが消えた瞬間だった。

ジークヴァルトが、地面に刺さった槍を引き抜く。アルファァナに向かって放たれたそれが、キリエに向かって放たれる。

意思を持った至高のマグナティカが放つ槍から、逃れるすべはなかった。

11 終わらない蜜月

レムクール城の庭に、暖かな日射しが差しこむ。春の光だった。魔道によって造られた偽りの光ではない。紛うことなき、太陽の光だ。

緑が溢れる庭を、アルファナは早足で進む。

「もう！　ジークヴァルトはどこへ行ったの！」

光射す庭に、笑い声が響く。アルカナの人々だ。マグナティカの姿も交じっている。

あれから一年近くが経過した。

下界ではまだ、小規模の内戦が続いている。そんな中でレムクール城は今、避難民たちを受け容れるシェルターのような役割から、一つの町へと変貌しつつあった。もともと広大な城だ。敷地内に大量の家も建てられるし、露店も開ける。

行き交う人々の間を通りすぎ、アルファナはジークヴァルトの姿を求めて庭園の端まで辿り着いた。

身重の体で急いだせいで、だいぶ息が切れた。アルファナは一旦立ち止まり、深く息を

吸う。

見上げれば抜けるような蒼穹に、鳥の姿が浮かぶ。

(なんだか、嘘みたいに平和……)

一年近い歳月を経ても、アルファナはまだ、この状態に馴染めなかった。生まれた時から戦乱の中で育ったのだから、無理もない。

(アルカナ人とマグナス人が、争うこともなく同じ町で暮らせるなんて。少し前までは、考えられなかった)

魔道はこの世界から消えた。キリエの死と同時に、まるで最初からなかったかのように、消滅した。ジークヴァルトも含めて、今、マグナスには魔道を使える者は一人もいない。恐らくは、世界中を捜しても一人もいないだろう。

アルファナはふと思う。ずっと、喉に刺さった小骨のように、心に引っかかっていることがあった。

(キリエは、本当に死んだのかしら……)

ジークヴァルトの放った槍は、確かにキリエの胸を貫いた。と同時に、キリエの肉体は雲散霧消した。まるで大気に溶けるように、消えたのだ。

それを『死』と呼んでいいものかどうか、アルファナにはいまだ判然としない。わかるのは、キリエは確かに、この世界を司る何かだったということだけだ。

アルファナは軽く首を振り、思考を切り替えた。今は、そんなことを考えている場合ではない。

魔道を使えなくなったマグナティカたちが報復を受けないように守るのは、アルファナとジークヴァルトの仕事だった。アルカナ人だってまだ貧しい。やることは、いくらでもある。

(ジークヴァルトってば、また子供と遊んでいるのね)

腰に手を当てて、アルファナは息を吐く。身重の体で、レムクール城を歩き回るのはなかなかしんどい。

最近、避難民の子供たちの間で流行《はや》っているのは、かくれんぼだ。この広大な城でそんな遊びをしたら、遭難するからやめるようにアルファナは注意したが、ジークヴァルトが子供たちの味方をした。

『俺が全部見つけるから、問題ない』と。

(そりゃあジークヴァルトなら見つけられるに決まってるけど。カイザーが、かくれんぼの鬼ばかりしているってどうなのよ)

大人たちの複雑な感情をよそに、子供たちはアルカナ人もマグナス人も、分け隔てなく遊んでいる。

アルカナとマグナスの和平交渉は、始まったばかりだ。仕事は山積している。なのに最

近、ジークヴァルトは子供たちと遊ぶのに夢中だ。

(ジークヴァルトがあんなに子供好きだなんて、思わなかった)

そのこと自体はアルファナにとって喜ばしい。政務はアルファナがほとんどこなすことになったが、それもまた、アルファナにとっては幸福だった。アルファナはずっと、国のために働きたいと願っていたのだから。

(……あら？　ということは、ジークヴァルトが子供たちと遊んでいても、何も問題ないってこと？)

アルファナは立ち止まり、もう一度空を見上げた。確かに、何も問題はない。

(まあでも、また戦闘になることがあったら、いてもらわないと困るわ。戦闘になんか、ならないのが一番いいけれど)

そのことに気づいた瞬間、アルファナの脇で茂みががさりと鳴った。

「きゃっ……びっくりした」

茂みの中から現れたのは、ジークヴァルトだった。アルファナは背伸びして、彼の金髪にくっついた葉っぱを取り除く。

「カイザーが、かくれんぼで葉っぱなんてつけてこないでよ。威厳がなくなるわ」

「アルファナも交ざるか」

「交ざらないわよ。この忙しいのに」

別段怒っているふうでもなく、アルファナはジークヴァルトと手をつなぎ、歩き出す。

ジークヴァルトはアルファナのお腹が気になって仕方がない様子だった。

(なんだか、恥ずかしい……)

ジークヴァルトと夫婦になって、だいぶ時が経ったというのに、アルファナはまだ、ジークヴァルトと手をつなぐことが恥ずかしかった。正確には、手をつないでいる姿を誰かに見られるのが恥ずかしいのだ。そのあたりの感覚は、ジークヴァルトには理解されなかった。


『アルファナは俺の妻だ。手をつないで何がおかしい』


(おかしくはないけど、堂々としすぎなのよ、もう……)

二人きりの時だけは、思い切り甘えられるけれど。

アルファナの意地っ張りは、相変わらずだった。

歩きながら、ジークヴァルトが言った。

「人間がたくさんいるのは、楽しい」

「そうね」

アルファナに異存はない。それに、ジークヴァルトが『楽しい』という言葉と感情を体

得したことが、嬉しくもあった。

と同時に、素直ではないアルファナは、たった一つの願いを口に出せずにいた。

(もっと、ジークヴァルトと二人だけでいたい)

仕事の時は仕方がないし、アルカナ人とマグナス人、双方のために働ける仕事をアルファナは確かに愛してはいるけれど、それとこれとは別だ。アルファナはもっと、ジークヴァルトと二人だけで過ごしたかった。が、それは口に出してはいけない願いだとも、理解している。今の自分たちには、アルカナ人とマグナス人、両方のために尽くす責務があるのだから、と。

アルファナが寂しげに俯くと、ジークヴァルトはつないでいる指の力を強めた。アルファナははっとして彼のほうを見た。

「あ……」

別に、なんでもないのよ、と言いかけたアルファナの言葉を、ジークヴァルトが制した。

「アルファナは、働きすぎだ。もっと俺を構うべきだ」

「……ッ……」

自分が言いたくても言えないことを、ジークヴァルトはいとも容易《たやす》く口にする。だからこそ、彼には敵わないとアルファナは思う。

「そう、ね……そうするわ」

つないだ指から、ふわりと熱が伝わってくる。アルファナは改めて、幸福を噛みしめた。

今、自分の胎内にジークヴァルトの子供がいること。

それはアルファナにとって、無上の喜びだった。ジークヴァルトもまた、優しく微笑み、願いを口にした。

「早く生まれるといい」

「もうすぐ……ね」

アルファナは、光の中で微笑んだ。

あとがき

角川《かどかわ》第三本社ビルの会議室なう。もうすぐ終電なう。作家歴二十年、著作百冊超えていますが、ここまでひどい進行をしたことがあっただろうか。いや、ある。(反語になっていない)「あるのかよ！　本当にクズだな！」って今、自分でも思いました……担当さんは二徹です(水戸《みと》先生の遅れのせいで四徹です・担当追記)……なのに微笑んでいらっしゃいます……社会人の鑑《かがみ》です……わたしは空気も読まず、会議室でチョコとおにぎりを食べました……担当さんはうちの地元のマッ○(関西だとマク○と略す)で晩ご飯を食べた……何かもう、自分が他人の生き血を吸って生きる蛭《ひる》なんじゃないかという気持ちになってきました……。

そんな暗い書き出しのあとがきはどうなんだ。いっそ嘘をついて、「今、高原でこのあとがきを書いています。コスモスの鮮やかな色が眩しいです」とか書いてもいいんじゃないか。よくないよ。そういう嘘はすぐばれるよ。飯田橋《いいだばし》にコスモス咲いてねえよ。てか怖いー！　終電間際の会社、人がいなくて怖いいいい!!　トイレが特に怖かったです。最近はどこの会社もセキュリティが厳しくて、一度会議室を出たらIDカードがないと入室できなくなるのよ!!　わたしが持っているわけがないIDカード！　入社試験を受けても採用される気がしない!!　一応ギリギリまで我慢した尿意!!　担当さんがお散歩

に連れていってくれるまで忠犬の如くじっと耐えた尿意‼（散歩じゃねえよ「加筆終わりましたか」って聞きに来たんだよ）今やっと、尿意から解放されて幸せです‼　そしてやっぱりトイレが怖い‼　最近流行のブラック企業ならこの時間でもたくさん人がいるのに……KADOKAWA様はホワイトっぽかった……いない……終電間際になると人がいない……クズな作家を担当してしまった可哀想な編集者しかいない……ここはなんという地獄か……（地獄を見ているのは二徹している担当さんだよ）

人の生き血を啜って幾星霜《いくせいそう》、さすがにそれじゃいかんと思い、〆切《しめきり》を守って本を出そうとしたら年に一冊しか出なかったりして、もう本当に虫だなって思いました、自分のことを。犬ですらない。犬はもう少し賢い。余談ですが今年の五月、ソルべという名の愛犬を持病で亡くし、新たに保護団体さんからお犬様を迎えました。名前はアイスちゃんです。とても可愛い。可愛いが昨日、うん〇食いました。自分の口から、ギャアアア！　って悲鳴が迸りました。窓全開なのに。でもなんとなく、いつか食いそうな予感はしてました。なんでそういう予感だけは当たるのか。当たるっていうか、毎回食べたそうなオーラが出てたんですよね、可愛い可愛いアイスちゃんから。とりあえず、ごはんの量を増やしました。もううん〇食わなくてええんやで、アイスちゃん……と念を送りました。編集部に来る前にも多めにごはんをあげたよ！　古参モモンガ様のごはんも急いで盛ったよ！　ちょっと終電で帰れる気がしなかったからー！　いや、いくらなんでもこんなにひどい進行は

滅多にないよ……滅多にないから、普段はいっしょに晩ご飯も食べられるよ……だからうん○食べないでね、アイスちゃん……ってここに書いても犬には届かないし、読者さんの心が微妙になるだけだよ……お食事中の人がいらっしゃったら特にすみません……。

　こんな進行なのに、触手エロだけは頑なに削らなくて、悪かったです……悪すぎます……今、担当さんがお茶をくみに行った……わたしは何様なのか……お茶を飲む権利などあるのか……雨樋《あまどい》にたまった雨水でも飲むべきなんじゃないだろうかと考えても、こんな都会の新しいビルに雨樋なんかねえよ！　水、飲めない！　お茶、美味しゅうございます……なんかもう年々あとがきがひどくなっていく。あとがきから人間の尊厳が消えていく。

それはさておき、触手です。触手とモブが大好きなんですけど、べっ別に、イケメンが嫌いなわけではないよ!?　ほんとだよ!?　と目をキョロキョロさせながら叫びたいです。でも、ステーキばっかり食べてたら飽きるじゃないですか！　たまにはカップラーメンとか食べたいじゃないですか！

　カップラーメンで思い出したんですけど、こんな進行なのについ、担当さんと話し込んでしまって……わたしが「高校の時、親に騙されてすげえ変なセミナーに入れられたんですよねー」とかほざいたら、担当さんも「自分も子供の時、自然食しか食べちゃいけない変な合宿にぶちこまれました。あと、お金は罪悪だとか言われたような気が」とか言い出したので、思わず叫んだ。お金とカップラーメンが大好きだと。きみが好きだと叫びたい。

お金が好きだと叫びたい。そして実際に叫んだ。喫茶店で。考えるに、幼児期のあれこれでわたしの脳はだいぶ破壊されたんじゃないか⁉ って気もしますけど、今は好きなだけカップラーメンが食べられて幸せですよ！ お金大好き、カップラーメン買えるし！ 美しいジュエル文庫のあとがきで何を叫んでいるのか、自分でもよくわからない。

そしてやっと本文の話です。今、担当さんが隣の机で溜め息をついた（実況するな）。実況ついでに会話したら、「さっきマッ〇に行った時、新しくなった月見バーガーが食べたかったんですけど、まだ売ってなかったんですよねー」とか言うてはった。二徹した上に月見バーガーを食べられなかった担当さんは本当に不幸だし、月見バーガーが出始めるような時期に九月発売の本のゲラをやっているという現実も怖すぎます。

本文の話に戻ります。今回は、無口傲慢人外攻の、ツンデレ姫受です。わりとこのタイプの話をよく書いている気がします。今回がいつもと違うのは、触手‼ 頑張ったよ、触手‼ これから先も、あと十冊くらい触手が書きたい。触手ならあと二十冊くらい書ける気がします。気がするだけで、きっとまた書くの遅いんでしょってわたしの肩にとまっている不可視の妖精さんが囁いた。そして今、会議室のチャイムが鳴った。担当さんが延長のボタンを押しに行った。守衛さんに追い出されたらどうしましょう、ファミレスに移動ですかね、とか不穏な会話が交わされる現場からお伝えします。あまりにも触手を書きすぎたため、ついに担当さんから「触手が悪いってわけじゃないんですよ⁉ でも、普通

のエロいシーンも増やして下さい！」と指令が下った。わ、わたしだって決して、普通のエロが嫌いなわけじゃないんですよ⁉　ただちょっと、触手が好きすぎるだけで！　と言いつつ、普通のエロも増やしました。性格は素直です。聞いたことすぐ忘れるけど悪意だけはないです。

最初、このお話はSFっぽかったんですけど、SFはあかんということでファンタジーになりました。ファンタジーに変えたのに、修正前の原稿に宇宙船とかいう単語が残っていて焦った。いや、ファイナル○ァンタジーのⅦで宇宙に行くシーンあったし、行ってもよくない⁉　宇宙！　というような話ではないので直しました。その設定のブレがここまで初稿が遅くなった一因のような気もしますが、話自体は面白いと思います……努力は必ず報われるわけではありませんが、これで報われていなかったらだいぶ不憫《ふびん》なので（自分が）、報われていてほしい！

いよいよ会議室の使用時刻が迫り、担当さんが「もう、無断占拠します」と言い始めたあああああここは神田《かんだ》カルチェラタン解放区かあああああ（年寄りにしかわからない喩え）。永遠に夏休みの宿題が終わらない大人たちですよ……いや、担当さんは終わってたんだよ……わたしがな……。

そんな感じですが本文は面白いと思いますので、楽しんでいただけたら幸いです。幸村《ゆきむら》佳苗《かなえ》先生のカバーイラストが美しすぎて、カバー絵に騙されて買ってしまった！　あとが

きがすごくひどい！　って言われても文句言えない感じです……いや、あとがきはひどいけど、本文はこのように徹夜して直しているので大丈夫うううこれで大丈夫じゃなかったら泣ける……大丈夫……！　幸村先生、いつも素敵なイラストを本当にありがとうございます。年々、絵の艶が増していっている感じがします。

それではさよなら終電また来て始発、次回の本でもお会いできたら幸いです。

水戸泉

ジュエル文庫をお買い上げいただき、ありがとうございます!
ご意見・ご感想をお待ちしております。

ファンレターの宛先

〒102-8584 東京都千代田区富士見1-8-19
株式会社 KADOKAWA アスキー・メディアワークス ジュエル文庫編集部
「水戸 泉先生」「幸村佳苗先生」係

ジュエル文庫
http://jewelbooks.jp/

エロティクス・カイザー
買《か》われた姫《ひめ》は皇帝《こうてい》の子《こ》を孕《はら》む

2017年 9 月30日 初版発行

著者 水戸 泉

イラスト 幸村佳苗

発行者 ────── 塚田正晃
発行 ─────── 株式会社 KADOKAWA
〒102-8177 東京都千代田区富士見2-13-3
プロデュース ── アスキー・メディアワークス
〒102-8584 東京都千代田区富士見1-8-19
03-5216-8377(編集)
03-3238-1854(営業)
装丁 ─────── Office Spine
印刷・製本 ─── 株式会社暁印刷

小社ホームページ http://www.kadokawa.co.jp/

Printed in Japan
ISBN 978-4-04-893421-3 C0193

ジュエル文庫
花嫁にメロメロでどうしようもない様子です！
悪魔のような国王陛下がピュアラブに目覚めた話
Pure Love
栗生 慧 Satoru Ao
Illustrator 辰巳 仁
体格差&年齢差&ギャップ萌え♥全部入り新婚ノベル
超怖いと噂の国王陛下のお妃様に私が!?
武骨な王様だけど、花嫁が可愛すぎて悶え転がって？
さらには私だけが知る意外な乙女趣味まで！
陛下っ！　見た目とギャップありまくりです！
共通の趣味ですっかり打ち解けラブラブに♥
……のハズが浮気を誤解して新婚生活、早くもピンチ!?

大好評発売中

ジュエル文庫

ILLUSTRATOR 吉崎ヤスミ
白ヶ音雪
寵
エロティクスハレム
純粋すぎる恋情を絶え間なく受けるハードラブ！
皇妃となるか？　娼婦に堕ちるか？
運命を決する皇太子殿下との面会で突如、妻に選ばれた奴隷の娘ユラーシャ。
めくるめく贅沢に蕩けるような甘い夜。嫉妬の的になる程、可愛がられて。
私なんかが、こんなに愛されるわけない。
身を引こうとするも「他の男に抱かれたい」と誤解され、殿下の嫉妬心が爆発!!
独占欲が暴走し、常軌を逸した寵愛へ……！

大好評発売中

ジュエル文庫
エロティック・ハネムーン
新婚とはいえ愛されすぎですっ!?
若月京子
Illustrator 弓槻みあ
甘やかされも、強引Hもたっぷりの蜜月♥ノベル
オレ様な実業家といきなり結婚!?
強引すぎる求婚を受けたとたん、いきなり豪華客船に乗せられ、新婚旅行!?
旦那さまはオスの獣性全開！　夜ごと、絶頂に導かれ、快感に溺れちゃう♥
そんな溺愛されまくりの奥さま生活……だったのに浮気を疑われて!?
そんな！　私が愛しているのは一人だけ！
でも嫉妬に燃えた夫はHすぎる責めを……！

大好評発売中

ジュエル文庫
平安きゅんらぶ♥
奥さま絵巻
殿下に
甘やかされすぎて
恥ずかしいですっ!!
しみず水都
Illustrator 吉崎ヤスミ
一途に愛されまくる雅やか系♥新婚らぶらぶ!
厳格で知られる親王殿下が私をお召し? 「添い寝をして欲しい」って?
優しい指でじわじわ触れられ、あふれる蜜。乙女の初めてを捧げて……!
えっ! これで結婚確定ですかっ!?
冷徹な殿下が激甘に豹変! 身分違いなのに、なぜここまで愛されるの?
子供の時からずっと恋を? 大人になるまで待っていたなんて!

アルファナは、何をよすがに生きていけばいいのか、わからない。

(ジーク……!)

返事をして、こっちを見て、とアルファナは心で叫ぶ。そんな時彼はいつも、願いを叶えてくれたのに。アルファナが嫌だと言っても、見つめてくれたのに。

今、彼は確かにキリエの言う『冷たい魔道人形』に見えた。

「ありがとう、アルファナ。『魂』が入って、やっと彼は生殖できるようになった。『呪い』が解けたんだ。カイザーの呪いが解ければ、自動的にすべてのマグナス人の呪いも解ける。産めよ増やせよ地に満ちよ、っていうのが、また可能になる」

「やめて!」

アルファナは耳を塞ぐ。塞いでも、手のひらの隙間から声は伝わる。

「どうしてこんなことをしたのよ! 一体、なんだって……誰が、呪いなんてものを……!」

「聞いてみようか? ジークヴァルトに、アルファナを愛しているかって」

キリエはそろそろ、この道化に幕を下ろすつもりらしかった。キリエの声が、塔に響き渡る。

「ジークヴァルト。おまえは、アルファナを愛している?」

少しの沈黙の後。

ジークヴァルトは、冷たい無表情のまま、答えた。

「愛して、いない」

「――――!」

それはアルファナの心を折るのに、じゅうぶんな現実だった。塔から走り去るアルファナの背中に、キリエがさらなる言葉のやいばを投げつけた。

「カイザーは神ではないよ。僕が、神だ」

あれほど厳重だったはずの城の警備は、嘘のように消えていた。アルファナは厩からジークヴァルトの馬を借り、スラムへ向かった。

どこをどう走ったのかさえ、よく思い出せない。気がつくとアルファナは、焼け落ちた北のスラムにいた。まるで動物の帰巣本能のように、体が勝手にそこを目指した。

焼けたスラムにも復興の兆《きざ》しは見えており、いくつものバラックが建ち並ぶ。粗末な屋台では、何の肉かもわからない串焼きが煙をたてて売られている。スラムの住人は逞しい。逞しくなければ生きてはいけないせいだろう。

帰る場所などないアルファナは、人のいる場所を避け、スラムの最北を目指した。ここよりずっと朽ちている、遺跡がある場所だ。

遺跡に辿り着くと、アルファナは馬から下りて、煤《すす》けた円柱に指で触れる。ここは、アルファナがジークヴァルトと初めて結ばれた場所だった。

(ここは、呪われていると言われていたから……相変わらず、誰もいないのね)

灰色の空から、水滴が落ちてきた。降り出した雨を避けるため、アルファナは遺跡の物陰に腰掛けた。ほんの短期間でも、遺跡は崩壊の度合いを増していた。

(カルヴァンは、キリエと遺跡に関係があるって気づいたのね)

城でキリエ自身から聞いた話を思い出し、アルファナは肩を落とす。

この世界に魔道を持ちこんだとされるマグナス人より、さらに長く生きている『魔導師』。そんなものが存在するなんて、アルファナは考えたこともなかった。

(だったら、わたしたちはなんだっていうの。わたしたちが迫害されたのも、元をただせばマグナス人のせいじゃなくて、それを操っていたキリエのせい?)

すべての諍いが、キリエによって演出されたものなのだとしたら。アルファナは、あまりにも虚しかった。何よりもジークヴァルトが、本当にただの魔道人形なのだと知らされて、衝撃を受けないわけがない。

(終わったんだ……何もかも)

アルファナにとって、ジークヴァルトとの恋はすべてを賭したものだった。ジークヴァルトのためなら、何もかも捨てても構わないと思い始めていた。

アルファナは無意識に下腹に手を当てた。ここに、ジークヴァルトの『記憶』が詰まっている。そう思った。

(わたしは、『借り腹』にすらなれない)

キリエの目的が、彼の言う通り、マグナス人の滅亡を救うためなのだとしたら。どうして自分では駄目なのかという戸惑いも、アルファナは感じていた。ジークヴァルトが、意